天地の螢《ほたる》

日暮し同心始末帖④

辻堂 魁

祥伝社文庫

目次

妙玄寺
三浦坂
不忍池
湯島天神
下谷
広小路
昌平橋
筋違御門
人宿「梅宮」
小伝馬町
両国広小路
両国橋
豊島村
浅草
向島
吾妻橋
大川
横川
菊次郎店
本所
南割下水
北中之橋
久方橋
竪川
薬研堀
呉服橋
御門
北町奉行所
(呉服町)
新大橋
猿子橋
読売屋
孫兵衛の裏店
菊川橋
煮売屋
「高島」
八丁堀
永代橋
油堀
深川
永代寺
深川八幡
小料理屋
「菖蒲」

『天地の螢』の舞台

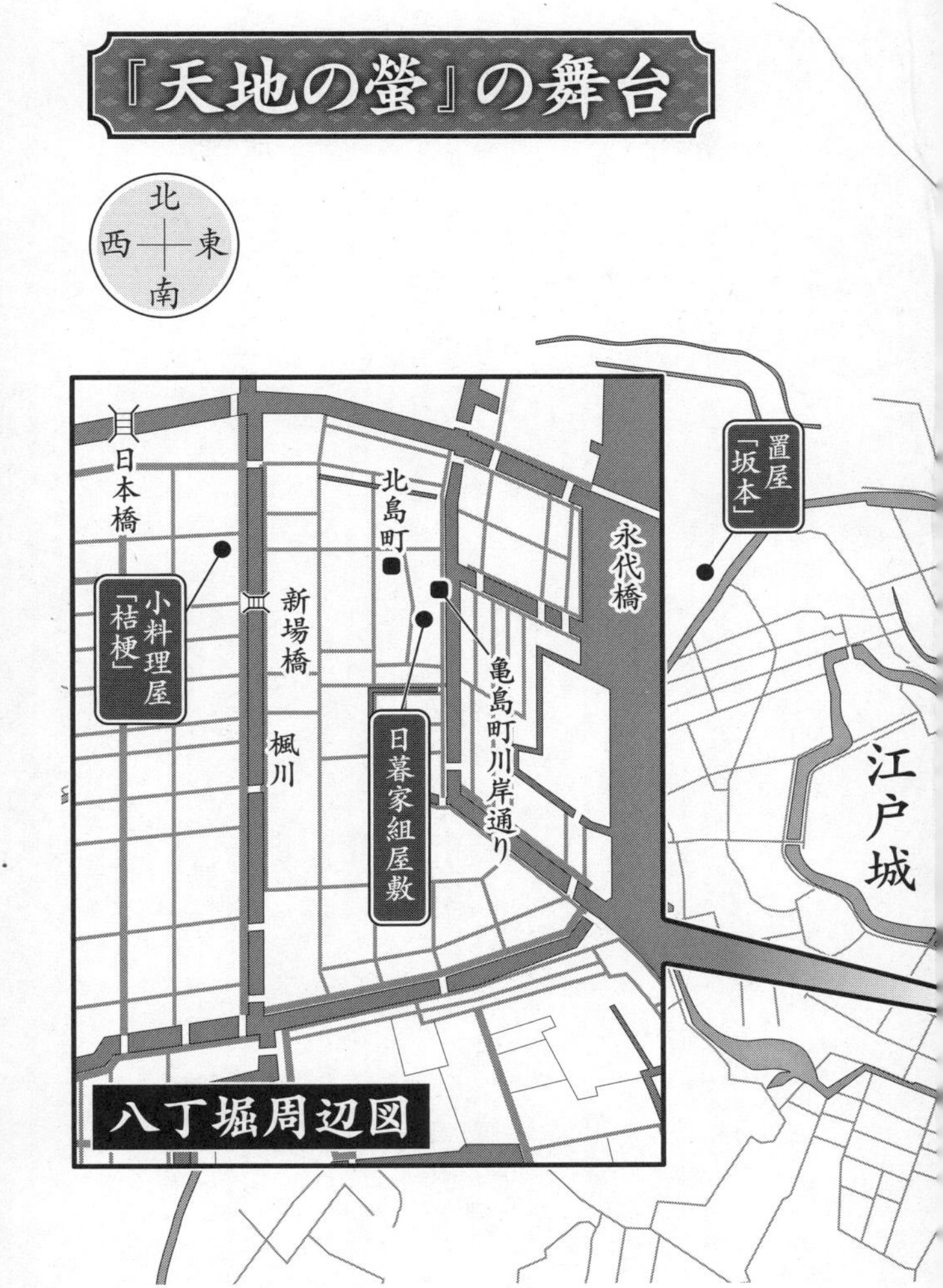

北
西
東
南
日本橋
小料理屋「桔梗」
新場橋
楓川
北島町
亀島町川岸通り
日暮家組屋敷
永代橋
置屋「坂本」
江戸城
八丁堀周辺図

地図作成／三潮社

序　両国《りようごく》川開き

一

漆黒《しっこく》の夜空が、一瞬の光彩《こうさい》に明々と染《そ》まった。

わずかに遅《おく》れてはじける音とともに、鮮《あざ》やかな大輪の花が開いて折り重なる色模様が、両国橋《りようごくばし》にひしめく群衆へ、広小路《ひろこうじ》や向こう両国の堤や通りにあふれる人々へ光の花びらを降らせた。

光の花びらは群衆の歓声に絡《から》まり、儚《はかな》く消えてゆく。

だが、両国橋を挟《はさ》んで上流と下流に分かれて陣を張る《玉屋《たまや》》と《鍵屋《かぎや》》が、

「たまやあ……」

「かぎやあ……」

の熱狂を背に競《きそ》って打ちあげる花火は、夜空に極楽浄土《ごくらくじようど》と見まがう花々が咲き乱れ、花の嵐が吹き荒れているかのようであった。

ゆるやかに反《そ》った橋の頂きから大川《おお》筋へ目を落とせば、影絵や猿芝居を演じ投げ銭を乞《こ》う平田船《ひらたぶね》、納涼と花火見物の客を乗せた屋根船《やね》や猪牙《ちよき》、なかには屋形船《やかた》も浮かんで、夥《おびただ》しい船の明かりが川面《かわも》を昼間のごとくに照らしている。

今どき珍しい大型の屋形船は、紫の幕を打ち廻《まわ》し緋毛氈《ひもうせん》を敷《し》いて、白襟《しろえり》の振袖《ふりそで》芸者衆が唄《うた》う豊後《ぶんご》、長唄《ながうた》、江戸節《えどぶし》に三味線太鼓《しやみせんだいこ》を賑《にぎ》やかにかき鳴らし、旦那《だんな》衆の「さんげさんげ……」と囃《はや》す声も騒々しい。

それらの船の間を鮨《すし》や花火を売るうろうろ舟の行灯提灯《あんどんちようちん》が、売り声をかけつつ漕《こ》ぎ廻っていた。

「へぇえ。お役目、ご苦労さまでございやすぅ」

両国稲荷《いなり》前に立つ橋番所《はしばんしよ》の橋番人が、廻《まわ》り方《かた》に応《こた》えた。

五尺《しやく》七、八寸《すん》（約一七五センチ）の痩軀《そうく》に白衣《びやくえ》を着流し、黒巻羽織《くろまきばおり》を羽織る廻り方が、間延びした笑みを年配の橋番人へかえした。

年のころは三十前後、濃い眉《まゆ》と目尻が切れあがり気味の締《し》まった目つきは精悍《せいかん》なのに、鼻梁《びりよう》の幾ぶん高い細面《ほそおもて》にしては、やや下ぶくれの感じに骨張った顎《あご》と生白い顔色が、何かしら頼りなげな廻り方だった。

風貌のせいか、腰に帯びた黒鞘《くろさや》の二本も重そうである。

夏、五月二十八日の川開きから両国広小路では、茶店、料理屋、食物屋、見世《みせ》物《もの》小屋に寄席などが、普段は日暮れで店仕舞《じま》いを夜半までの夜店が許され、その日は両国辺《へん》の茶屋、料理屋、船宿の催《もよお》す大花火が打ちあげられる。

その両国川開き大花火の警備を命じられた町方の平《ひら》同心日暮《ひぐれ》龍平《りゅうへい》は、蜻蛉《とんぼ》模様の麻の単衣《ひとえ》を裾端折《すそはしょ》りにした若い手先寛一《かんいち》を従え、橋番所をすぎ、雑踏を縫《ぬ》って両国橋へと歩んでいった。

二人が差しかかった両国橋は、人々の踏み締《し》める下駄《げた》や草履《ぞうり》が橋板を轟《とどろ》かし、花火があがるたびに歓喜が渦巻《うずま》いている。

しだれ柳、大桜、ぼたん、と次々と花火が打ちあがり、龍平と寛一の顔も白い光に染まった。

「さすが天下一の大花火、凄《すご》い人出ですね」

寛一が雑踏に負けぬよう、声を張りあげた。

聞くところによれば、江戸の住人が天下一と自慢する両国川開きの大花火は、火の用心の禁制が多く規模も仕掛けも小さいが、人出だけは天下一らしい。

龍平はそのとき夜空にあがった花火をちらと見あげ、ふんふん、と頷《うなず》いた。

何かと天下一と言いたがる江戸自慢が、おかしくもあり愛らしくもある。

確かに、ゆくのも戻るのもままならぬ夥しい人出だった。

喧嘩《けんか》、酔っ払い、掏摸《すり》、掻《か》っ払い、恐喝に目を光らせ、迷子に怪我《けが》人、病人に気を配って賑わいが静まる夜半まで見廻りは続く。

重要な役目だが面白くないうえに、疲れる務めである。

案《あん》の定《じょう》、平同心の龍平に両国川開き警備の代役が廻ってきた。

二十三歳で八丁《はっちょう》堀《ぼり》町方同心の日暮家に婿《むこ》入《い》りし、舅《しゅうと》達広《たつひろ》の番代わりで北町奉行所平同心に就《つ》いて足かけ九年、龍平は今もまだ決まった掛《かかり》のない平同心のままである。

病欠が出たときの代役はたいてい、「そいつぁ日暮にやらせとけ」と、いきなり役目を言いつけられる。

刑を執行する折りの検使《けんし》役、引き廻し見分《けんぶん》役、宿直《とのい》、奉行式日の供、警備などあれこれ雑用が廻ってきて、言わば便利な雑用掛のような使われ方だった。

ついた渾名《あだな》が一日を雑用掛ですごす《その日暮らしの龍平》。

日暮にかけてその日暮らしか、面白いことを言う、と龍平はそんな渾名も平同心であることも一向に気にかけるふうではない。

「日暮は妙な男だ。雑用をやらせたら日暮にかなう男はいないね」

朋輩《ほうばい》らは陰で笑っている。

だが、龍平は江戸五十万町民のために働く町方の仕事が、嫌いではなかった。

町民の生々しい暮らしぶりに触れて、旗本《はたもと》の部屋住みのときには見えなかった世の中の多くのことが見えてきた。

人の心や処世の綾《あや》、そしてもっと深い人生の何かが、だ。

それに、小十人役の貧乏旗本の三男坊に生まれ部屋住みの先の見えぬ暮らしだったのが、たとえ不浄《ふじょう》役人と侮《あなど》られようと己《おのれ》の稼《かせ》ぎで食っていける。

それだけでもありがたいことではないか。

この仕事はむしろ己の性《しょう》に合っている――そうも思うのだった。

「喧嘩だ、喧嘩だあっ」

両国橋の先で人が叫んで、どよめきが聞こえてきた。

貴賤老若男女《きせんろうにゃくなんにょ》が浮かれ楽しむ川開きの夜に喧嘩騒ぎなど、野暮な話である。

「寛一、いくぞ」

「へぇい」

小走りになって「ごめんよ」「ごめんよ」と人波を縫う龍平と寛一の頭上で、花火が、どおん、と鮮やかにはじけた。

たいした喧嘩ではなかった。

両国橋を本所《ほんじょ》へ渡った尾上《おのえ》町の茶屋で、日雇い人足ふうの粗末な風体《ふうてい》の酔っ払いが暴れていた。

店《たな》土間に並べた長床几《ながしょうぎ》を引っくりかえし、茶屋の店先にたてた幟《のぼり》を引き抜いて振り廻しているのを、茶屋の亭主が、

「この野郎、何しやがる」

と怒鳴《どな》りつけるが、幟の竹棒をふらつきながら、からんからんと柱や床几に打ち当て振り廻すので、危なくて近づけない。

店表に野次馬《やじうま》が集まり、土間の客らは店の隅《すみ》に固まっている。

「人を馬鹿にしやがって。金なら持ってらあ。見やがれ、こんちくしょう」

酔っ払いが懐《ふところ》から巾着《きんちゃく》をつかみ出して、土間へ叩《たた》きつけた。

「金持って帰《け》えれ。おめえみたいな酔っ払いはほかのお客さんに迷惑なんだ」

「あんだと、この唐変木《とうへんぼく》」

呂律《ろれつ》の怪《あや》しい口で喚《わめ》き振り廻しかけた竹棒を、龍平が後ろから引っ手繰《たく》った。

「だ、誰でい」

振り向いた酔っ払いが、「てめえ、かえせ」と龍平へ拳《こぶし》を揮《ふる》う。

「馬鹿をするな」

瘦《や》せた肩をつかみ、外へ連れ出した。

痛《いて》ててて……酔っ払いは小柄な身体《からだ》を他愛《たわい》なくよじって店の外へ連れ出された。

「放せ。若造。腐れ役人、放せえっ。痛えじゃねえか」

酔っ払いは悪態を吐《つ》いて、龍平を汚れた足で蹴《け》った。

男の日に焼けて頰《ほお》の窪《くぼ》んだ顔を左右に二度張った。

「目を覚ませ。おやじ」

酔っ払いは頰を張られて急にへたりこんだ。

「痛えよう……」

と、今度は泣きべそ口調になり、野次馬がげらげらと笑う。

「大人しく家へ帰れ。女房子供がおまえを待っているだろう。亭主、巾着を戻してやってくれ」

茶屋の亭主が巾着を拾い、「女房んとこへ帰えれ。二度とくるんじゃねえ」

と、酔っ払いの懐にねじこんだ。

「てやんでえ。女房も餓鬼《がき》もいねえやい。おらあな、おらあひとりぼっちなんだよう。うくくく……」

泣きべそが咽《むせ》び泣きになった。

道端にへたりこんだ貧相な男が、うぐうぐ、と咽び泣くさまは無様《ぶざま》で滑稽《こっけい》だった。周りを囲んだ野次馬がいっそう笑った。

「店表で立ち止まっちゃあ迷惑だ。もうすんだからみんないった、いった」

寛一が野次馬の囲みを解《と》いて、追いたてた。

野次馬は、ええ、これでしまいかよ、と物足らなそうな風情《ふぜい》でぞろぞろと散ってゆく。

「おやじ、立て。今日は充分飲んだ。帰って寝ろ。明日も仕事だろう」

男は泣いているうちに興奮が冷めたらしく、龍平の言葉に頷いた。

龍平は男の丸い背中を叩いて、立つように促した。

と、そのときだ。

人ごみの中から突き刺さってくる視線を覚えて、龍平は顔をあげた。

目を左右へ走らせた。

目の前は、右へ左へと往来する人波が続くばかりだった。

気のせいか、と思った刹那《せつな》、両国橋の夜空に大きな花火がはじけ、どおん、とあたりをゆるがし包んだ。

その一瞬、龍平の目が赤い光に染まった女の顔を捉《とら》えた。

女の顔は、絶えずゆきすぎる通りがかりの隙間《すきま》から龍平へ向けられていた。

手拭《てぬぐい》を吹き流しにかぶり、黒羽二重《くろはぶたえ》の着物だった。

薄い二重のきれ長の目と尖《とが》った鼻先、閃光《せんこう》にいっそう赤く映えた唇が白粉《おしろい》の中に浮かんでいた。

女の後ろに、大きな頭が往来する人波の天辺《てっぺん》に突き出た巨漢の相撲《すもう》とりが、紺《こん》帷子《かたびら》を裾端折りにして、女の付き人みたいにぼうっと立っていた。

夜空の赤が青い光へと変じ、束《つか》の間《ま》、女の顔を幽界の青色に染めた。

すると女は、吹き流しの端をつまんで目だけを残し顔を覆《おお》った。

薄い二重のきれ長の目が龍平にそそがれ笑った。

笑ったかに見えた。

それから、女が嬋娟《せんけん》とした身を人波へくねらせた。

女にのっそりと従う相撲とりを、通行人がみな見あげていた。

女と相撲とりは、両国橋を渡る人波の中へ幽霊のように姿を消した。

二

両国の夜も九ツ（午前零《れい》時頃）が近づいていた。

大花火は終わって群衆が去り、静けさが覆い始めた大川筋に船遊びの名残《なごり》を惜《お》しむ客らが、船端で花火をあげ、細々とした歓声や嬌声《きょうせい》を響かせている。

別の屋根船の客があげた打ちあげ花火が、力なげに夜空へのぼって両国橋を薄っすらと照らした。

甲高《かんだか》い笑い声とまばらに手を打つ音が木霊《こだま》した。

川面を流れる三味線の音色も、気だるげである。

折りしも、大川から元柳橋《もとやなぎばし》をくぐった薬研堀《やげんぼり》の河岸に、向島《むこうじま》より戻った猪牙が船縁《ふなべり》をごとりと当てた。

提灯を提《さ》げた家士と紺羽織の年配の侍が猪牙をおり、桟橋《さんばし》を鳴らした。

年配の侍の桟橋から雁木《がんぎ》をのぼる足元が、少し覚束《おぼつか》なかった。

家士が主人の足元を提灯で照らし、言った。

「旦那さま、足元をお気をつけくださいい」

「いい気分だ。障《さわ》りはない」

主人は気持ちよさそうに応え、ふうっと長い息を河岸場の暗がりへ吐《は》いた。

薬研堀の堤へあがって、柳すらも眠りについた堀端の道を歩みながら主人が言った。

「あの浅草《あさくさ》の田舎《いなか》芸者め、賑やかな女であった」

「旦那さまにべったりで、離れようとしませなんだ」

「これでは脂粉《しふん》の匂《にお》いがとれぬ。またうじうじと奥の小言だ。せっかくの酔いも覚《さ》めるのう」

主人は扇子《せんす》を抜き、ゆるゆると煽《あお》いだ。

「お役目上のおつき合い、奥方さまもご承知ですよ」

「役目上のつき合いとは言え、続くと疲れる」

「お身体をおいたわりくださいませ。おつき合いもお役目でございますので」

「明日はどこだ」

「深川《ふかがわ》の《北野屋《きたのや》》らの寄合でございます」

「ああ、深川の北野屋か。深川も久しぶりだな」

火を見物した。

両国川開きのその夜、家士は主人の供をして外神田《そとかんだ》の両替商仲間の招きで大花火を見物した。

その後、屋根船で向島の料亭へ向かい、浅草の町芸者を呼び寄せて脂粉の香りと管弦《かんげん》の宴に酔い痴《し》れた。

「明日はまた朝から新銀貨鋳造《ちゆうぞう》の談合だ。いつまでもぐだぐだと繰りかえすばかりで何も進まん。果断に推《お》し進める。それ以外にご公儀《こうぎ》のお台所を救う手だてがあるはずがない」

「結局はみな、旦那さまを頼りになさっておられるのでございますよ」

「わしが言わねば誰も言い出さん。責任がわが身にふりかかるのを恐れておるのだ。無責任極まりない」

「まことに、さようですな」

暗い堀端をゆく二人の前方にぼうっと人影が浮かんでいたが、心地よい酔いとだるいやりとりに気をとられ、二人とも気づかなかった。

わずか一町《ちよう》(約一〇九メートル)もない堀端をすぎて角を曲がれば辻番《つじばん》があり、辻番を背に武家地から若松町《わかまつ》へ抜ける小路だった。

両国の広小路でもそろそろ夜店が閉じる刻限、町は寝静まったが、二人には慣れた夜道である。

人影がゆるい歩みで近づき、吹き流しの手拭に夏には不似合いな黒羽二重と小《こ》脇《わき》に茣蓙《ござ》を抱えている装《よそお》いを最初に認めたのは、家士だった。

家士は人影の方へ提灯をかざした。

「おや、旦那さま。夜鷹《よたか》ですぞ」

言いながら、吹き流しの陰から嫣然《えんぜん》と投げる女の美しさが、五十近い家士の胸を鳴らした。

細《ほそ》とした身体が柔らかに、胸の鼓動にすら儚くゆらぐようであった。

夜鷹は真っ直《ます》ぐ、そしてゆっくりと家士へ近づいてくる。

「ほお、いい女ではないか。こんなところにも夜鷹が出るか」

後ろで主人が言った。

「胡乱《うろん》な者です。かかわりになられますな。やりすごしましょう」

家士は内心、ひとりならば、と思っていた。

夜鷹は二人を避《よ》けようともしなかった。

ほかの人影はない。

家士は女の美しさに気後れを覚え、道を譲った。

脂粉が匂い、女は笑みをくねらせ、家士とすれ違う。

背中で主人が扇子を鳴らし、わざとらしく咳《せき》払いをした。

と、夜鷹が歩みを止め、小さな笑い声をこぼした。

甘い笑みが家士の心気《しんき》を鈍《にぶ》らせた。

「黒河《くろかわ》さま、お久しぶりでございます」

夜鷹の低い声がこぼれ、意外な言葉を主人にかけた。

「うん？」

主人が言った。

「何者だ」

家士は提灯をかざし、女の顔を暗闇に浮かびあがらせた。

家士よりも幾ぶん小柄だったが、それでも女にしては背が高い。

曇りひとつない透き通る肌を家士へ向け、それから主人へ戻した。

「わしを知っておるのか」

ほほほ……

長く白いうなじをくねらせ、女は声を抑えて笑った。

「ご公儀勘定組頭《かんじょうくみがしら》、黒河紀重《のりしげ》さまでございましょう」

「誰だ。どこで会《お》うた」

細い手の指先が辰巳《たつみ》の方角を優美に差した。

「深川で、昔は羽織を着けて、羽ぶりもよかったのですけれど」

女は差した手を、そのまま莫蓙の中へそよがせるように入れた。

「今はこんな身に、落ちぶれ果てて……」

女の笑みが切《せつ》なげにゆれた。

「わたくしのこと、お忘れでございますか。深川の伝吉《でんきち》でございますよ」

「深川の伝吉？」

主人が訝《いぶか》しげに問うた。

ふと、家士はその名を昔どこかで聞いたような気がした。

女が頷き、莫蓙から手を出したとき、その白い手には仕こみのような小太刀《こだち》が刃を光らせていた。

家士はそれが何を意味するのか、すぐにはわからなかった。

女は吐息《といき》ひとつもらさなかった。

ただ刃の閃光《せんこう》がくるくる舞って、主人の身体にじゃれついたかのようであった。

主人の落とした扇子が二つに割れ、主人は小腰を折って首筋の虫を払うような仕種《しぐさ》をした。

瞬間、指の間から、しゃあっ、と音をたてて血が噴いた。

血が家士の顔面にかかり、「わあっ」と顔をしかめた。

提灯を捨て刀の柄《つか》に手をかけたとき、女の仕こみが家士の肩先から袈裟《けさ》に落とした。

悲鳴がこぼれ、脂粉の香が血の臭いに交じった。

能面《のうめん》のような女の顔が、家士を哀れんだ。

誰だ、おまえ、と家士は考えた。

ゆれる身体を支えきれず膝《ひざ》をついたとき、家士は昔聞いた伝吉という名前を思い出した。

ああ、あの伝吉……

女の後ろに、大きな人影がゆっくり歩みよるのが見えた。

暗くて顔はよく見えないが、相撲とりだった。

相撲とりは、小太刀をかざした女の頭の上から家士をぼうっと見おろした。

「いこう」

太い声を暗がりの中へ忍ばせた。
女の黒羽二重がふわりふわりと翻《ひるがえ》り、堀端を歩んでゆくのが見えた。
それを目で追いながら、家士はゆっくりと薬研堀へ滑り落ちていった。

第一話　牢《ろう》屋敷切腹検使《けんし》

一

その朝、台所の勝手口から出る中庭の椎《しい》の木で早くから蟬《せみ》が鳴いていた。

日暮家の朝食は六ツ（午前六時頃）すぎに始まる。

台所板敷隣の六畳間に上座から舅《しゆうと》の達広と龍平が向き合い、達広と並んで六歳の倅《せがれ》俊太郎《しゆんたろう》、姑《しゆうとめ》の鈴与《すずよ》、龍平と妻の麻奈《まな》が並んで、二人の間に這《は》うことができるほどになった娘の菜実《なみ》がちょこんと座っている。

下男の松助《まつすけ》は、三畳ほどの自分の部屋でひとりで摂《と》る慣わしである。

八丁堀育ちの達広の好みで、ようく焼いてかりかりと焦げ目《め》がつくほどの目刺《ざし》、酸《す》っぱ味の程よい茄子《なす》の漬物、これも炙《あぶ》ってぱりっと歯応えのいい浅草海苔《の》苔《り》、赤出汁《あかだし》の味噌汁《みそしる》、それと朝に炊《た》いたばかりの御飯である。

達広のみならず姑の鈴与も妻の麻奈も朝からよく食べるし、しかも旨《うま》そうに元気よく食べる。

実家の沢木《さわき》家でもむろん朝飯は食べたが、旗本《はたもと》の体裁《ていさい》を重んじる躾《しつけ》が喧《やかま》しく、食べ方にこんな元気や勢いのある欲求が乏《とぼ》しかった。

食事中に無駄口を利《き》かない。御飯は御飯、おかずはおかず、口の物がなくなってから次に移る。音をたてない……

確かに行儀の悪い食べ方はよくないけれども、ただ空腹を満たすだけの味気ない食事風景だった。旨いと思った体験があまりない。それがあたり前だと思っていた。

なるほど、この食べっぷりがこの身体をつくるわけだ、と龍平は菜実を産んでから少し白い肌がむっちりとしてきた麻奈の横顔を見て目をゆるめた。

茶碗と箸《はし》を手にし、しゃんと背筋を伸ばした麻奈が黒目の勝った目を夫である龍平へ向け、澄まして言った。

「何か？」

「いや。元気だな、と思ってさ」

「ふうん」

麻奈はちょっと不思議そうに首を傾《かし》げた。

菜実が何か言いたげに声を出し、龍平の膝に手を置いた。

近ごろ菜実は、母親が何か言うと真似《まね》るかのように龍平に声をかけてくる。

何かしら、小言を言われているみたいな気がした。

「なんだ、菜実。おまえもそう思うのか」

菜実が龍平を見あげ、むにゃむにゃと応えた。

「菜実は元気が一番、と父上に言っているのだね」

達広が菜実へ話しかけ、菜実はしきりに龍平に何か言い続けた。

「母上、お代わりをお願いします」

俊太郎が碗を両手《りょうて》で支えて、元気よく差し出すと、「はい」と麻奈が碗を盆で受けとる。

「わたしもお代わりだ」

達広が碗をあげた。

姑の鈴与は澄まして食事を続けている。

食事の給仕は、龍平が達広の番代わりを果たし日暮家の主《あるじ》になってから、鈴与の務めから麻奈の役割になっていた。

「ところで龍平さん」

と、達広は八丁堀ふうのさらさらした呼び方を、養子婿《むこ》の龍平に今でも変わらずにする。

「はい」

龍平が菜実から顔をあげた。

「近ごろ、ちょいと物騒な一件が続くね。廻《まわ》り方《かた》のかみさんらが、これじゃあ亭主の身体が幾つあっても足りない、とこぼしているそうだよ」

達広は麻奈から飯を盛った碗を受けとり、箸をとってそう言った。

「確かに続きました。わたしが《朱鷺屋《ときや》》の伝七《でんしち》殺しの掛《かかり》になったのが三月の末で終わったのが今月初めですが、その間にも、四月に湯島《ゆしま》の切通《きりどお》しの一件と横十間《けん》川の亀戸《かめいど》村堤でも一件起こりました」

「殿中《でんちゅう》でも先月一件、刃傷沙汰《にんじょうざた》があったね」

「ええ。あっちは評定所《ひょうじょうしょ》で、今日にも裁断が言い渡されるはずです」

「殿中の刃傷沙汰なら、切腹は免《まぬが》れ難いだろうね」

「そうですね。わたしが調べていたものを入れますと……」

「湯島の切通しも亀戸村堤も未だ探索中なのに、決着がついたのは龍平さんの掛だけだから、龍平さんは臨時のお役目なのにたいしたものだと、隠居仲間から褒《ほ》められた。専従の廻り方より腕利きだとさ」

「たまたま、決着がついただけです」

「たまたまなものか。わが娘婿として鼻が高かった。わたしが思うに、龍平さんは難しい掛を命じられると却《かえ》って生き生きしてくるね。厄介《やっかい》であればあるほど力を発揮するんだね。簡単な役目だと物足りなさそうに見える」

「そうですかあ」

龍平は照れて、御飯を口へ運んだ。

「そうさ。顔が間延びしてくるからそれがわかるよ。あはは……そういえばここんところ宿直《とのい》も押しつけられていないようだね」

「宿直は年番《ねんばん》方の福澤《ふくざわ》さんが組頭《くみがしら》の梨田《なしだ》さんに、日暮にばかりあまり宿直を押しつけるな、と言ってくれたようです」

「梨田もなあ、龍平さんが旗本の血筋だから旗本が幾らのもんだい、というこだわりを捨てきれないのだ。もう十年もたつのにさ」

「足かけ九年です」

「あなた、お代わりをどうぞ」

麻奈が菜実の頭の上から盆を差し出した。

ふむ、と龍平が碗を盆に載《の》せるのを菜実が下から、あぶあぶ……と好奇な目で見あげている。

「湯島の切通しで斬《き》られたのは御家人の部屋住みが二人だったな。亀戸村堤では僧侶《そうりよ》か。どちらも物盗りの類《たぐい》ではないと聞いたが」

「そのようですね。湯島の……」

「父上もあなたも、子供の前でそのような話は控えてくださいい」

麻奈が言った。

「そうですよ。小さな子供のいる前で。しかもお食事中に。後でお二人でゆっくりなさい」

と、鈴与が加勢した。

「おお、そうだった。つい気になってな」

達広は食事の続きにかかった。すると、

「母上、お祖母さま、わたしは平気ですよ。町方同心の倅としての心得は身につけていますから」

と、俊太郎がませた口調で言った。

「先だっても、北島町《きたじま》の司馬中也《しばちゆうや》さんより牢《ろう》屋敷でお務めの首斬り役のお話をうかがい、われわれ同心はそういう務めも果たさねばならないのだな、と改めて知り身の引き締《し》まる思いでした」

「まあ、首斬り役、ですって」

麻奈が声をあげた。

「北島町の司馬中也さんと言えば、あのちょっとなよなよした、南町にお勤めのお方？」

「そうです。見た目は強そうではありませんが、司馬さんは凄《すご》く腕がたつのです。南町では首斬り中也と渾名《あだな》されているとうかがいました」

麻奈と鈴与が顔を見合わせ、唖然《あぜん》としている。

「司馬さんが仰《おつしや》っていました。首斬り役の務めを好まない人は多いけれど、誰かがやらなければならないと。そうですよね、父上」

「う、うん。そうだ」

南町の首斬り中也の噂《うわさ》は聞いている。

八丁堀の道で会ったら会釈《えしやく》を交わす、その程度の顔見知りではあった。

けれど、六歳の俊太郎が司馬中也とそんな話を交わす間柄とは知らなかった。麻奈も初耳らしい。

苦笑を浮かべた達広と目が合った。

食事がすむと湯屋へゆく。

湯屋から戻り、勤めに出る身拵《みごしら》えをすませる。

数日置きに廻り髪結《かみゆい》を頼んでいるが、今朝はこない日である。

月代《さかやき》を綺麗《きれい》に剃《そ》って八丁堀ふうに小銀杏《こいちょう》を整《ととの》え、無精髭《ぶしょうひげ》は伸ばさない。町方は身形《みなり》を身綺麗に保つようにと喧しく言われる。

髭は湯屋で自分で当たった。

「父上、お見送りいたします」

神田《かんだ》お玉ケ池《たまがいけ》の旗本北村《きたむら》家の道場で父親龍平の試合を見て以来、俊太郎は龍平を西八丁堀の楓川《もみじ》に架《か》かる新場《しんば》橋まで見送ることが多くなった。

何か話したいことが、あってもなくてもだ。

強い者に無心の憧憬《しょうけい》を抱く、そういう欲求の高まる年ごろなのだろう。

そのうちに父親の存在が重くなって、疎《うと》ましくなる。

親の重しを自分でとり除いて子供は成長してゆく。親から子へ、子からまたその子へ、人は順番なのだ。

「俊太郎、剣術のほうはどうしている」

龍平は後ろに従う俊太郎へ話しかけた。

「はい。どうすべきか、今考え中です」

俊太郎は小走りに駆けて龍平と並んだ。

後ろに下男の松助が龍平の弁当を持って従っている。

同じ同心でも廻り方になると、岡っ引きや下っ引きの二、三人も従えているが、平同心の龍平は舅の達広の代から奉公している松助ひとりである。

「今朝聞いた司馬中也さんの家へ、遊びによくいく……」

訊《たず》ねかけたとき、

「司馬さんですよ、父上」

と、道の前方へ顔を向けていた俊太郎が龍平を見あげた。

亀島《かめしま》町からの通りを地蔵《じぞう》橋方向へ折れた道の前方に、瘦軀《そうく》に黒羽織が大きく見えるなよやかな風情《ふぜい》の士《おとこ》が、下男をひとり従えこちらへ向かっていた。

恥じらいを隠すように顔を伏せ、春狂言の女形《おんながた》を思わせる小幅な歩みだった。

龍平は道の左、司馬は右をとり、双方が五間《けん》（約九メートル）ほどまで近づいたところで司馬は顔をあげ、歩みを止めて優しい微笑《ほほえ》みを見せた。

それから頭《こうべ》を垂《た》れた。

龍平は三間（約五・四メートル）まで歩み寄って、止まった。

礼をかえすと、俊太郎が龍平の仕種《しぐさ》を真似《まね》た。

「倅がお世話になっております。お礼を申しあげます。まだ六歳ゆえ弁《わきま》えもありません。司馬さんのお邪魔な折りは、本人のためにも遠慮なく言ってやってください。お願いいたします」

司馬は龍平より二寸（約六センチ）ほど小柄だった。

染《し》みひとつない透《す》き通った肌色をぽっと赤らめ、龍平へ向けた薄い二重《ふたえ》のきれ長の目をしばたたかせた。そして、

「とんでもありません。遊びにくるようにお誘いしたのはわたしです」

と、俊太郎に優しい会釈を送った。

「わたしには妻も子もおりません。病弱な母と二人きりの寂《さび》しい暮らしゆえ、俊太郎さんがお友達と遊びにきてくれて心なごませられております。お礼を申しあげるのはわたしのほうです。俊太郎さん、いつでも遊びにおいで」

「はい」

俊太郎が元気に応えた。

「元気でいい。俊太郎さんは六歳とは思えぬとても弁えのある優れたお子さんです。お父上とお母上のことを心から尊敬しておられます。本当に、羨《うらや》ましいご一家です」

麻奈が、なよなよしたお方、と言ったのも頷けた。

尖《とが》った鼻と愁《うれ》いを含む眼差《まなざ》しとふっくらとした唇が、司馬の風貌に持って生まれた優しさを添《そ》えていた。

それに身体の捌《さば》きに、女性《にょしょう》を思わせる優美さをわざと心がけているふうにも見えた。

ただ、すぼめた肩は小柄な痩軀にしては幅があった。

「それでは」

と、小首を傾げ、すっと龍平の傍らを通りすぎるふる舞いに秘めた俊敏《しゅんびん》さが感じとれた。

あの身体で首斬り役か――龍平は司馬の背中を見送った。

地蔵橋を渡ってから、鍛冶《かじ》町の小路へ折れた。

道々、俊太郎は司馬に会って思うところがあるらしく、

「父上は首斬り役を務めたことが、あるのですか」

と訊《き》いた。

「ない。ただ、小塚原《こづかっぱら》の刑場で斬首の検使《けんし》役を務めたことはある」

「生きている者の首を落とすとき、人は何を思うのでしょうか」

「立ち合いで人を斬るのとは違う。父にもよくわからない」

「司馬中也さんを、どういうお方だと思われますか」

「優しさが身に備わっている。きっと心底に人への優しさを持っているのだ」

「本当にそう思われますか」

「思うよ、本当に」

龍平は俊太郎を見おろし、頷いた。

「よかった。わたしもそう思うのです」

「俊太郎は、司馬さんが好きか」

「はい。なんだかいつも、寂しそうになさっているので。ときどき、何を我慢していらっしゃるのかな、と思うことがあります」

俊太郎は小さな身体で大人びたことを言い、龍平を微笑ませた。

この子なら心配には及ぶまい。

夏の朝の日差しが小路《こうじ》に、青味を帯びた白い日溜《ひだま》りを作っていた。

二

北町奉行所同心詰所へ入ると、両国川開きの昨夜、公儀勘定組頭《こうぎかんじょうくみがしら》の黒河紀重という侍が薬研堀で斬られた一件を同心らがしきりに話していた。

薬研堀は両国広小路の目と鼻の先、米沢町《よねざわ》の南の境である。

両国川開き警備の見廻りを終えた後らしい。

あの後そんなことが起こっていたのなら、昨夜の宿直は大変だったろう。

思いつつ、昨夜の報告書を書く用意をしているところへ、

「日暮さま。お奉行さまのお呼びです。用部屋へお願いいたします」

と下番《かばん》が報《しら》せにきた。

「承知した」

龍平はすぐに座を立った。

内玄関からあがると、廊下を挟《はさ》んで杉戸をたてた奉行用部屋がある。

十人の用部屋手付《てつき》同心が執務につき、風通しをよくするため南側の縁廊下の障子が開け放ってある。

庭の夾竹桃《きょうちくとう》に朝の光が落ちていた。

西側壁に架けた二間半（約四・五メートル）の素槍《すやり》の下に奉行永田備前守《ながたびぜんのかみ》と、二間（約三・六メートル）ほどを隔てて向き合う春原繁太《はるはらしげた》らしき黒羽織の背中が見えた。

首だけをひねって、春原が龍平に頷いた。

昨夜は寝ていないのか、ぎょろりとした目が血走り無精髭が薄く生えていた。

龍平は春原の斜め後ろに控え、畳に手をついた。

「日暮です。お呼びによりまいりました」

「近くへ」

濃い紫紺の裃《かみしも》に銀鼠《ぎんねず》の単衣《ひとえ》の奉行が、扇子《せんす》の要《かなめ》を差して手招いた。

龍平は春原の隣へ並び、春原へ一礼した。

「早速だが、日暮、今日より春原の後を継いで、湯島切通しの御家人部屋住み殺害の掛を命ずる。湯島切通しの一件は、むろん知っておるな」

「下谷《したや》の御家人の部屋住み二名が、先月四月初め、湯島切通しで何者かに斬られ落命した一件と、承知いたしております」

「ふむ。春原の掛だった。そろそろ二ヵ月になるというのに埒《らち》があかぬ。これまでの調べの委細《いさい》を春原から引き継ぎ、後はおぬしが始末をつけるのだ」

「春原さんは、それでよろしいのですか」

「春原には昨夜起こった殺しの一件に専念させる。そちらが最優先だ。春原、それでよいな」

はあ、とだるげに応えた春原が血走った目を龍平に流した。

「次から次へと新しいもめ事が起こってよ、手が廻らねえんだ」

春原は長い鼻の下の唇を歪《ゆが》めた。

少し忙しいとすぐ愚痴《ぐち》がこぼれて、泣きの春原、と奉行所では渾名されている廻り方である。

「承知いたしました」

龍平は奉行へ頭を垂れた。

「春原、ほかに必要なことがあるなら今のうちに申せ」

「いえ。今のところは……」

ぼそぼそと覇気のない春原の応えに、奉行は扇子を煽《あお》ぎながら言った。

「頼りないなあ。もっと気合が出ぬか。昨夜の一件は御家人の部屋住み殺しとはわけが違う。勘定方はさぞかし苛《いら》だっておるだろう。今日登城したら勘定奉行から も何かひと言あるはずだ。一件を解決できるかどうか、北町の面目《めんぼく》もかかっておるのだぞ」

「重々、承知しております」

春原はいっそう疲れた様子でうな垂れた。

奉行は苦笑した。

「お訊ねいたします。昨夜の一件とは、薬研堀において勘定組頭の黒河さまが斬られた一件でしょうか」

「勘定組頭の黒河紀重が供侍とともに斬られ、両名とも落命した。日暮、何か心あたりがあるのか」

「いえ。じつは昨日は梨田さんに代役を命ぜられ、夕刻より大花火の警備役に就いておりました。薬研堀とは目と鼻の先の両国広小路から両国橋、向こう両国の界隈《かいわい》を繰りかえし見廻っており、夜四ツ（午後十時頃）すぎに役目を終えたのですが、そのときにはまったく気づきませんでした」

「黒河主従は、両替商仲間の供応を受け向島で遊んでいた。竹屋の渡し場で迎えの猪牙《ちょき》に乗ったのが四ツを四半刻（約三〇分）ばかり廻ったころだ。日暮らが見廻り役を終えるころは黒河主従は迎えの猪牙にも乗っていなかったさ」

春原が眠そうに目をしばたたかせた。

「黒河主従の斬殺体が見つかったのは、いつごろですか」

「九ツ半（午前一時頃）より少々前だ。米沢町の番太郎《ばんたろう》が夜廻りの途中で見つけた。黒河さんは首筋をこうやられて、ぱっくりと傷が開いて……」

と、春原は指先を自分の首筋に滑《すべ》らせ、傷の大きさを示した。

「血だらけになって柳の木の根元で息絶えていた。供侍は左肩から袈裟《けさ》に落とされ、堀に浮かんでいた。二人とも刀を抜く間もなく、一刀のもとにだ」

「それはもの凄い手練《てだれ》ですね」

「懐《ふところ》の財布には手をつけていないから、金目あての強盗でもない」

「日暮、おぬしはどう推量する」

奉行が扇子を動かしつつ、質《ただ》した。

「それほどの手練なら、おそらく手をかけた者は侍と思われます。ですが斬られた方も酒が入っていたとはいえ侍です。いかに手練であっても、抜く間も与えず間を詰め二人をともに斬り捨てるのは容易ではありません」

「小野《おの》派一刀流の腕利きのおぬしでもそうか」

ああ？　という顔つきを春原がした。

北町の雑用掛、《その日暮らしの龍平》と渾名のついた平同心の龍平が、頼りない風貌からは思いもよらぬ小野派一刀流の使い手らしい、と近ごろ奉行所内でも知られ始めていた。

町方同心に就いて足かけ九年、隠していたのではなく、誰も思わなかったし訊ねられなかったため、言わなかっただけである。

奉行永田備前守が日暮龍平の名を知ったのも、奉行所勤め八年目の去年の冬、海蛇《うみへび》の摩吉《まきち》率いる強盗団捕縛に抜群の手柄をたてたからだった。

日暮が小野派一刀流の凄腕、という伝聞は、奉行をはじめ年番方筆頭与力福澤兼弘《かねひろ》など奉行所上層部の間から広まった評判だった。だがそれでもまだ、

「まさかあの雑用掛が？　日暮が旗本の血筋だから上は買いかぶっているだけじゃあねえのか？」

と、言う者も多い。

おそらく春原も、近ごろ少し目だった働きをしているようだけれど、所詮《しょせん》はその日暮らしの男、というほどにしか見ていなかったのだろう。

龍平は春原に構わず応えた。

「黒河主従は、相手が刀を抜く間に接近するまで、攻撃を受けるとは思っていなかったのです。襲われて初めて相手の意図《いと》に気づいた」

「顔見知りの仕業《しわざ》か」

「考えられます」

「辻斬りはどうだい。頭のおかしい通りがかりが、すれ違いざまいきなりばっさりってえのは」

春原が赤い目を向けた。

「九ツ（午前零《れい》時頃）前後の夜半、おそらく人影の途絶えた夜道で見知らぬ侍同士がゆき違うのに、多少は警戒をするでしょう。特に供侍なら、何がしかの備えをするのが務めのはずです」

「やはり、顔見知りの侍の仕業というのが筋が通るか。勘定方の役目上で黒河さんともめ事になり遺恨を抱いていた誰かが凶行《きようこう》に及んだ。するとお奉行さま、勘定方は町方の支配違いですので、そっちは勘定方に訊きこみを頼まねばなりません」

「ふうむ。今日登城の折り、勘定奉行にそれは伝えよう。勘定方の調べで誰の仕業かが判明すれば、それに越したことはない」

「勘定組頭が黒河さんをのぞいて十四人、勘定衆と支配勘定衆を合わせて、ええっと、二百八十人か。それに役目上の遺恨とは限らねえし、そっちのかかわりまで含めたら大変な数になるな。こりゃあ長引くぞ。厄介な一件だ」

春原は顔を両手で拭《ぬぐ》い、早くも泣きを入れた。

奉行は扇子を閉じた。それから短い間を置いて、

「役目上の遺恨絡みなどであれば勘定方に任《まか》すしかあるまい。しかしながら殺しは町方支配の町地で起こった。町方として見すごすわけにはいかぬのだから、黒河のわたくし事の絡みを徹底的に洗い、怪《あや》しい者を炙《あぶ》り出せ」

と、厳しい口調になった。

「ははあ。励《はげ》みます」

春原が低頭した。

だが龍平は、侍の仕業とは違うのではないかと思っている。

勘定方の組頭が両替商の仲間から供応を受けた帰りの夜道で襲われ、命を落とした。権限を持った者と見返りを得ようと謀《はか》る商人《あきんど》らが、裏で爛《ただ》れたかかわりを結び、闇の金が動き、貪欲《どんよく》と腐敗が横行する。

黒河主従の死は貪欲と腐敗の埒もない結末のひとつ、と考えを廻《めぐ》らせれば事は極々単純明快かもしれない。

そんな気が一方でしながら、ふと、龍平の思慮を昨夜、向こう両国尾上町の雑踏に立っていた黒羽二重に手拭を吹き流しにかぶった女の顔がかすめた。

閃光《せんこう》が白粉《おしろい》を鮮やかに染め、薄い二重のきれ長の目と尖った鼻先、赤く燃える唇が浮かんでいた。

後ろに相撲とりの巨体が、女を守るように佇《たたず》んでいた。

女は町方の龍平が酔っ払いをどう扱うのか、見ていたのだろう。

茣蓙《ござ》を脇に抱えていた。あの女、夜鷹か。夜鷹なら薬研堀の暗い道でいき合っても怪しみはしまい。

だがそれがどうした。そんな理由であの女が思い浮かんだのか。

違うな。気になる。それだ。

ただなぜ気になる。なぜ……

龍平は御用箱の言上帖《ごんじょうちょう》を借り受け、同心詰所へ戻って湯島切通《きりどおし》町の自身番町役人より検視願いの届けによって言上帖に記された一件、御家人部屋住み殺害検視の調書を読み始めた。

殺しがあったのは四月二日の夜五ツ半（午後九時頃）すぎ。場所は、本郷から下る切通しの坂が切通町を抜けて板倉《いたくら》家藩邸の土塀《どべい》に突きあたった、昼間でも人通りの少ない土塀沿いの道だった。

道を北へいけば不忍池《しのばずのいけ》の茅《かや》町、南へたどれば同朋《どうぼう》町、自身番からも辻番からも離れた寂しい辻である。

殺されたのは下谷練塀《ねりべい》小路に組屋敷のある御家人の部屋住み、尾嶋健道《おじまたてみち》と三谷《みたに》由之助《ゆうのすけ》、ともに三十一歳の二人である。

その夜、二人は湯島天神の岡場所《萩本《はぎもと》》で昼夜四つ切り二朱《にしゅ》の安女郎を買い、五ツ半に萩本を出た。

湯島の女坂《おんな》を切通町と坂下《さかした》町の境の小路へ下ったのは、その後まだどこかに寄る用があったかどうかは不明だが、たまたま岡場所の若い者が見ていた。

それからさしたるときもたたない同じ五ツ半すぎ、切通町の裏店《うらだな》に住む座頭《ざとう》が板倉家藩邸の土塀沿いの道を戻る途中、切通しの坂下あたりで複数の人の気配に気づいた。

男らの押し殺したやりとりが聞こえ、座頭は初め通りがかりを狙った追剥《おいはぎ》かと思った。

けれど、夜更《よふ》けの寂しい道であってもこんな町中で追剝でもあるまい。板倉家の土塀を折れればすぐ辻番があるし、切通町の自身番も大声を出せば聞こえるところにある。

たまたまゆき合わせただけだろうと思い、座頭は「通りますよ」とわからせるために呼び笛をわざと鳴らした。

すると声が止《や》み、静かになった。

「座頭らしいぞ」

と男のひそとした声が道の先から聞こえた途端《とたん》、ぎゃっ、と叫ぶ悲鳴とばたばたと道を踏み鳴らす音、そして誰かが走り去っていく足音が続いた。

少なくとも三人以上の足音が聞こえたと、座頭は証言している。

座頭は恐る恐る辻の方へ近づき、二つの身体が道に転《ころ》がっているのを杖《つえ》や下駄《げた》で確かめた。

二つの身体はひとりはほとんど虫の息で、ひとりは長く低い呻《うめ》き声をあげて悶《もだ》えているらしかった。

慌《あわ》てて助けを呼び、町地から人が数人出てきた。

報せを受けた自身番の当番ら町役人がきたとき、その二人、尾嶋健道と三谷由之助はすでに息絶えていた。

斬られた傷は……

そこまで読み進んだ龍平は肩を、後ろから軽く叩かれた。

ふりかえると、五番組頭の梨田冠《かん》右衛《え》門《もん》が後ろへかがんだところだった。

龍平は梨田へ身体を向け、会釈した。

梨田は龍平に笑いかけながら、胡座《あぐら》をかいた。そして、

「春原の尻拭いかい」

と、机の言上帖へ顎《あご》をしゃくり冷やかした。

「違います。お聞き及びとは思いますが、昨夜、薬研堀で公儀の勘定方が何者かに斬られた一件があって、春原さんはそちらの事案に専念することになり、わたしが春原さんの掛を務めることになったのです」

「聞いた。日暮らが川開きの警備を終えた後だって？　ちょっとの差で手柄をたて損《そこ》ねたわけだ」

ふふん、と梨田は皮肉な笑みを口元に浮かべた。

「それは湯島切通しの部屋住み殺しだな。春原が二ヵ月近くもかかって埒があか

なかった。下谷の破落戸《ごろつき》の部屋住みが、女郎屋帰りの夜道でゆきずりの侍と喧嘩になった挙句《あげく》、斬り捨てられた。どうせそんなところさ」

「斬ったのは侍と、わかっているのですか」

「春原が以前、例によって泣きをこぼしていたからね。板倉家の勤番《きんばん》侍が怪しいが、藩邸内は町方が手を出せない、だから調べが先に進まねえとさ。で、ぐずぐずしているうちに二ヵ月がすぎちまった。そんな一件の始末が、今さらつくわけねえよ」

「と、言われましても、調べないわけには」

「適当にやっときゃあいいのさ。いずれ永《なが》の詮議《せんぎ》になって終わりだよ」

殺しなどがあって手をかけた者の究明捕縛にいたらず百日がたつと、その事案は永の詮議にきり換えられる。

探索の中止ではないが、実際には放っておくことになる。

「ところで、ご用件ですか」

組頭の梨田とは、執務中に無駄話を交わす間柄ではない。

じつは頼まれてほしいのさ――と、梨田がきり出した。

用件があるときは、たいてい、年寄同心詰所へ呼ばれる。

梨田の方から出向いてくるというのは、厄介な用件に違いなかった。

「今晩、揚座敷《あげざしき》で切腹がある。南北町方から検使役を出さねばならん。うちからは与力の花沢《はなざわ》さんが出るが、日暮、花沢さんに従って検使役に出てくれないか。当番の西尾《にしお》が急に具合が悪くなっちまってな。みな用でふさがっててさ、ここは日暮に頼むしか人がいないのだ」

「しかし、わたしは湯島の……」

「それはわかる。だからさ、湯島の一件はどっちにしろ今日明日の話じゃないだろう。上手《うま》く調整をつけてくれと頼んでるんだよ」

先月四月、新御番組の旗本が組頭に遺恨を抱き殿中において乱心、刃傷《にんじょう》に及んだ一件だった。手傷を負った組頭は五日後、落命した。

今日の午後、その旗本の処罰が評定所で言い渡されることは、奉行所にも伝わっていたし、読売《よみうり》も書きたてていた。

旗本の切腹は免れ難く、切腹が仰せつけられれば、暮れ六ツ（午後六時頃）ごろ、小伝馬《こでんま》町牢屋敷の揚座敷庭前で行なわれる。

切腹でも斬首でも、裁断が仰せつけられたその日のうちに刑が執行されるのが決まりだった。

「介錯《かいしやく》は南町から出る。あんたは花沢さんの後ろについていって見届けるだけでいいんだ」

はあ、承知しました——と、龍平はしぶしぶ応えた。

組頭の梨田に、無理です、とは言えなかった。

組頭と支配を受ける同心の上下関係は厳格である。

「よし、頼んだぞ」

梨田は龍平の肩を馴《な》れ馴れしく叩いた。

公事人《くじにん》溜りの方から、詮議を待つ公事人を呼ぶ下番の声が聞こえてきた。

三

「二人が倒れていたのは、ひとりはこのあたりで、もうひとりは……」

龍平の案内に立った切通町自身番の町役人が、手で土塀の下と少し離れた道端を指し示した。

同朋町より不忍池の茅町へ、板倉家藩邸の土塀沿いの道が延びている。

道の片側は、湯島天神下の坂下町、そして切通町の町地である。

道の途中、本郷の方よりだらだら下る切通し坂の辻に夏の日が差し、坂の上へ目を遊ばせると、天高く青空が広がっていた。

湯島天神の社《やしろ》を囲う樹林が深い枝葉を伸ばし、坂道に影を落としていた。蟬《せみ》の姦《かしま》しい鳴き声も絶えず聞こえてくる。

暑いな――龍平は額《ひたい》の汗を指先で拭った。

「報せを受けてきたときには、二人はもう息はしておりませんでした。どす黒い血が塀にべっとりついて、道にも広がっており、提灯《ちようちん》の明かりがそれを照らして、そりゃあ薄気味悪くむごたらしいありさまでした」

「最初に二人を見つけた座頭の富《とみ》の市《いち》は、この道へ通りかかって男らがこのあたりで何事かやり取りしていた声を聞いているが、町内には男らの話し声を聞いた者はいなかったか」

「確かにひそひそと話している声を聞いた者はおります。ですが、この道は湯島天神の岡場所からの戻り客がときどき通り、いろんな話し声が聞こえますので、あの晩も別に気に留めなかったそうです。それに五ツ半（午後九時頃）ごろにはだいたいみな床についておりますし」

「叫び声か悲鳴は聞いたのだな」

「はい。この近辺の者らが悲鳴と呻き声、足音を聞いております。外へ出た者もいますが、暗くてよく見えず、何があったんだろうと思っていると、人影が現れてすぐ富の市さんの助けを呼ぶ声が聞こえたと」

言上帖にあった検視役の見分《けんぶん》には、二人の懐の財布にはわずかな金しか入っていなかったけれども、懐を狙った形跡はなかった。

尾嶋健道は喉《のど》を六寸（約一八センチ）近い幅に抉《えぐ》られ、土塀際にうずくまって息絶えていた。

三谷由之助は、おそらく賊から逃げようとして背中を見せたところを、背後からひと太刀《たち》に、右肩より背骨を断つほどの深手で斬り落とされていた。

傷痕の深さによって推察するに、二人が絶命するまでに長くはかからなかったと思われる、とあった。

偶然なのだろうが、昨夜の薬研堀の黒河主従の一件もひと太刀だった。

そしてともに、追剝強盗の類の仕業ではないのは確かだった。

龍平の脳裡《のうり》に四つの亡骸《なきがら》がちらついた。

二人は湯島の萩本で遊んだ後、この道を通った。

帰途についたのか、あるいはどこかへ寄ろうとしたのか。

湯島天神から不忍池の茅町方面へ向かったと思われる。

下谷の帰途の方角ではない。茅町方面に何か用があったのか。

湯島の女坂を下ったのを女郎屋の若い者が見ていた。女坂からここまでくる間に誰かと会ったのか。

顔見知り。あるいは、通りかかった二人に夜鷹が声をかけたとしたら。

「ここら辺に、夜鷹が出ることはあるのか」

と、龍平は土塀沿いの道を少し同朋町へとり、坂下町と切通町の境の小路を折れて女坂へ向かう途中、町役人に訊いた。

「さあ……このあたりは武家屋敷が多く、微禄のお侍や中間《ちゅうげん》奉公の方々も少なからずいらっしゃいます。女郎屋の二朱が払えなくて夜鷹で間に合わせる方々もいるらしいと、聞いたことはございます」

「夜鷹がここら辺で稼いでいることも、あり得るのだな」

「はい。詳しくは存じませんが」

夜鷹の相場は二十八文《もん》である。

長い石段の女坂をのぼった。

周囲の蟬の声は、一段と騒がしくなっていた。

坂をのぼって右に湯島天神裏門の鳥居と、左は鳥居から男坂《おとこ》が下っている。湯島天神には江戸でも評判の岡場所がある。

また、陰間《かげま》茶屋（男娼）でも名の知られた遊里でもあった。

当夜、尾嶋と三谷が揚がった湯島天神境内の水茶屋萩本の主人は、二人があまりいい客ではなかった口ぶりだった。

「たまに、お二人で遊びにこられやす。そりゃあお客さんですから、揚がっていただくのはありがてえが、難癖をつけられることも多うございやした」

子供（女郎）の愛想が悪いだの、われらを貧乏侍と見くびってわざと醜《みにく》い女に相手をさせただの、酒が水臭いだの、たびたび言いがかりをつけ値段をまけろと要求していたらしい。

「うち以外のここら辺の茶屋や酒楼にも揚がっておられるようでしたが、どの店のご主人もあのお二方には手を焼かれておりやした」

当夜、尾嶋と三谷の相手をした二人の子供が呼ばれた。

建て前上、岡場所は違法である。そのため女郎はおらず、客の相手をするのはみな子供である。

蔑《さげす》んで、ねこ、と呼ばれることもある。

遊女が許されているのは吉原《よしわら》だけである。

もう二ヵ月近くたっており、女らは尾嶋と三谷のことを忘れかけていた。

「あんまり気前がよくなかったし、口うるさくて」

「それに、あれになるとしつこいお客さんでやした」

女らは二人の馴染《なじ》みというわけでもなく、とにかく上客ではなかったことだけを覚えていた。

「前のお調べの折りに話しやしたけど」

と、三谷の相手をした女が言った。

「あのお客さん、今、企《くわだ》てていることが上手く運べば、まとまった金が手に入る、金が手に入ったら豪気に遊んでやる、と言っておりやした。あっしはその折りはまた呼んでくだせえ、と調子を合わせた覚えがありやす」

むろん、女は三谷の話を真《ま》に受けてなどいなかった。

もうすぐ手に入る金が貧乏人の手に入ったためしなんて、ありゃしませんから、と女は笑った。

だから、どんな企てだったのか訊きもしなかった。ただ、

「そうそう、深川の羽織が落ちぶれて岡場所の女郎になった話をしてやした。あ

っしも元は柳橋《やなぎばし》の芸者勤めをしてましたのさと言ってやったら、辰巳《たつみ》の羽織と較べたら柳橋あたりの町芸者なんぞ小便臭い田舎者さ、とえらく馬鹿にした口ぶりだったので、腹がたちゃした」

と、女は顔をしかめた。

辰巳の方角、深川の芸者の話をか——龍平は考えた。

調書には、深川の羽織芸者の調べがなかった。

春原は深川の羽織芸者には関心を持たなかったようだ。

確かに、湯島で起こった部屋住み殺しが遠く離れた深川の羽織芸者とかかわりがあるとは思えなかった。

羽織が落ちぶれて岡場所に身を沈めたとしても、別段、珍しい話でもない。

譬《たと》えばさらに身を持ち崩し、岡場所の女郎から夜鷹になったとしたら……

夜鷹は深川から流れ流れて湯島の切通しあたりで稼いでいた。

そして四月初めのあの夜、偶然通りかかった男に声をかけると、辰巳の羽織芸者だったころの馴染みの男だった。

馬鹿ばかしい——龍平はそこまで勝手に推量して打ち消した。

下谷の御家人の部屋住みが辰巳の羽織芸者と馴染みになれるほど深川へ通う金

があったとは思えないし、ましてや、二人の侍を一刀のもとに斬り捨てる夜鷹など考えられない。

ただ、座頭の富の市は当夜、少なくとも三人以上の足音だったと証言した。

手に入るはずのまとまった金と深川……龍平は少々気になった。

「けど、あの夜がお客さんの見納めだったと思うと、なんだか胸が痛みやす」

萩本の主人が言い、二人の女も頷いた。


切通町の自身番へ戻ってほどなく、寛一が現れた。

「よかった、旦那。間に合いました。親父と所用で出ておりましたもので」

「寛一。今日もまた頼む」

昨夜の両国川開き警備の務めにも、寛一は従っている。

「喜んで。親父がいつでも動ける心づもりで、指図を待っております」

「ふむ。《梅宮《うめみや》》には後で寄るつもりだ。宮三《みやぞう》親分に頼みたいことがある」

湯島へくる途中、神田竪大工町《たてだいくちょう》の人宿《ひとやど》梅宮に寄ったが、宮三と寛一は出かけていたので、湯島切通町の自身番で待つと寛一への伝言を残した。

宮三親分は、龍平の実家である水道橋《すいどうばし》の稲荷小路の旗本沢木家に出入りし、一季半季の奉公人の斡旋《あっせん》をしている人宿梅宮の主人である。

沢木家の三男坊で部屋住みだった龍平を幼いころから可愛《かわい》がり、龍平が北町奉行所同心の日暮家へ婿入りし八丁堀同心に就いてからは、広い人脈と人宿稼業の伝《つて》を活かし、手先として龍平を支える有能な右腕だった。

今年十八歳の寛一はその宮三の倅である。龍平を兄のように慕い、十六の年から父親宮三とともに龍平の手先を務めていた。

寛一の今日の拵《こしら》えは、井桁《いげた》の絣《かすり》模様の単衣を裾端折《すそはしょ》りに紺《こん》のしごき帯をぎゅっと締め、無駄な肉のない締まった手足が手先らしく身軽そうである。

「旦那、お次はどちらへ」

と、若々しい声の歯切れもいい。

「下谷の練塀小路だ」

四

湯島天神裏門坂道を道なりに、下谷御成《おなり》街道を横切り、下谷広小路の賑わいと上野寛永寺《うえのかんえいじ》のお山を北に見てそこもすぎ、道をいくつか曲がって、下谷練塀小路へ出た。

徒組《かちぐみ》の組屋敷が列《つら》なる界隈は、俗に御徒町《おかちまち》とも呼ばれる武家地で、大旨《おおむね》、家禄の低い御家人の町である。

組合辻番で尾嶋健道と三谷由之助の家を教わり、入り組んだ小路の奥の尾嶋家から訪ねた。

尾嶋の家を継いでいる健道の兄は、垢《あか》染みた茶の帷子《かたびら》を裾端折りにして、土間に並べた樽《たる》で飼っている金魚に餌《えさ》をやっていた。

武士の内職でも、御徒町の金魚の養殖は評判である。

三十五歳の年齢より七つ八つは老《ふ》けて見える、瘦せた小柄な男だった。

帷子の肩に大きな継《つ》ぎ接《は》ぎが当たっていた。

龍平の突然の訪問を別段驚きもせず、「三谷の家の者も呼びましょう。裏道を通ればすぐですから」と、瘦せた妻を呼びにやらせた。

龍平と寛一は、粗末な竹の透垣《すいがい》が囲う狭い庭へ廻り、庭に面した濡《ぬ》れ縁《えん》から四畳半の部屋にあがった。

黄ばんだ畳《たたみ》が軋《きし》んだ。

押し入れに小さな仏壇が仕舞《しま》ってあり、位牌が二つ並んでいた。

ひとつは尾嶋健道の位牌で、いまひとつは「五年前亡くなった父親のものです」と、冷えた麦茶を運んできた兄が言った。

龍平と寛一は尾嶋健道の位牌に掌《て》を合わせてから、兄と向き合った。

「ご覧のとおりのあばら家でお恥ずかしい。金魚の養殖で台所をかろうじて支えておる始末です。せめて傷《いた》んだ箇所を修繕したいのですが、修繕費を捻出するのも簡単ではありません」

と、兄は言いつつ髷《まげ》の乱れを直した。

実際、家は傾き、両開きにした障子戸はそこかしこが破れたままで、しかも柱との間に隙間ができていた。

「夏の暑い日は、風通しのいいこの部屋がわが家では一番いい場所なのです」

透垣に蔓《つる》を絡ませた朝顔が萎《しお》れかけていた。

龍平は、どうぞお気遣いなく、と慰め、「早速ですが……」ときり出した。

「健道には困らせられました。十代の終わりごろから道をはずし始めたといいますか、ぐれ始めました。無理をして何年も修行させた剣道場を辞《や》めてしまってから侍の家の者として生きる節度を失った。箍《たが》がはずれた樽みたいに自堕落な日々を送り始めた、そんな具合でした」

調書によれば、辞めた剣道場は神田明神下の清道館《せいどうかん》である。

「台所を支えるために一家が金魚の養殖をしておるのに手伝おうともせず、三谷の由之助と毎日ぶらぶらと出かけ、どうやって金の工面をしているのか、よからぬ遊びに現《うつつ》をぬかしておったようです。間違いを起こさなければいいがと、家の者みなで心配しておりました」

兄は正座した膝に目を落とし、考えた。

「それでも父がおりましたころは、まだましでした。ぐれたと申しましても、父への遠慮が多少はあったようです。ですが、五年前に父が亡くなってから、いっそう箍がはずれましてね……」

顔をあげ、溜息《ためいき》をついた。

「そのうちに、健道と由之助の悪い噂が聞こえてきました。どこそこの表店《おもてだな》のささいな落ち度に因縁をつけ、強請《ゆす》りまがいに金をせびっただの、呑屋や食物屋でつけで呑み食いしてそれを踏み倒しただの、浅草の地廻りらの用心棒になって町家にたかりにいっておるとか、けちな破落戸《ごろつき》みたいな噂です」

こんなことが組頭に知られれば、咎《とが》めを受ける。貧乏御家人とはいえ、公儀直《じき》参《さん》の家名にも傷がつくし、それだけではすまなくなる。

兄は弟を諫《いさ》め、顔を合わせると激しい口論になった。

「こんなことを続けておると切腹を命ぜられるぞ。わが家とてお取り潰しになるではないか」

兄がなじると、弟の健道は逆に毒づいた。

「こんなごみ溜みたいな家など、潰れようがなくなろうが、どうでもよいわ」

「なんだと。それが武士の言う言葉か」

「武士が何ほどのものだ」

兄弟は罵《ののし》り合い、ときにはとっ組み合いの喧嘩になったりもした。

だが兄の諫めも効果がなく、健道の行状は収まらなかった。

由之助とつるんでいかがわしい素行を続け、荒《すさ》んだ顔つきになっていくのが兄にはわかった。

「しかし、健道や由之助が身を持ち崩したのは、二人のせいばかりとは言えないのです」

兄は口元を歪めた。

「貧しい御家人であっても、長男は曲がりなりにも継ぐ家がある。弟らは内職でかろうじて台所を支えている貧乏御家人の、さらにみじめな部屋住みなのです。

せめて養子縁組とかの望みでもあれば、違う生き方ができたかもしれません。けれどわれらのような家の者が養子縁組の望みなど、万にひとつもありはしません」

いつかはこういうことになるのではと恐れておりました——と、兄は肩を落とし顔を伏せた。

「まったくみじめな話ですが、このたびの一件で、救いは、弟らが殺したほうではなく殺されたほうだったということです。弟らが金欲しさにか、あるいは何かのもめ事でか、人を斬っていたほうだったら、うちの家も三谷の家もすでにとり潰しになっているでしょう」

同じ部屋住みの身だった龍平には、兄の心労が察せられた。

龍平は父親から、部屋住みの者は学問か剣術で身をたてるしかないのだぞ、と繰りかえし言われた。

「われらとて公儀直参。家から罪人を出し御家人の体面を傷つけたら、ただではすみません」

ほどなく三谷の兄が、同じ帷子一枚の寝起きのような装いでやってきた。

尾嶋よりは少し若いものの無精髭が伸び、風貌はやはりうらぶれていた。

三谷の家は小普請《こぶしん》の御家人で、登城する機会もほとんどない勤めだった。

龍平へ力なく頭を垂《た》れ、尾嶋の後ろに畳を鳴らして胡座をかいた。

龍平は二人の兄に改めて、一件があったあの夜、三谷由之助が直前まで遊んでいた湯島天神の女郎に、深川の羽織芸者の噂と、まとまった金が手に入るあてを話していた事情について、心あたりを訊ねた。

「あの直後にお役人が見えて、同じことを訊かれましたな」

と、三谷が尾嶋の肩の後ろから言った。

「しいて申せば、深川に知り合いがいるようないないような、そんなことをちらと聞いたことはありました。むろん前のお役人にも話しております。ただ、どんな知り合いかはわかりません。どうせいかがわしい相手でしょうから、訊ねなかったもので」

そして左右に小首を傾げ、

「半年以上前だったと思いますが、あまりよく覚えていないのです」

と、月代が薄黒く伸びた頭をかいた。

「うちの場合、弟とわたしは家の中ではほとんど口を利かなくなっていましてね。あぶく銭が手に入れば家の者の心配も顧みず遊び廻っていたようです。深川に知り合いがいたとしてもおかしくはありません。ですが斬られたのは湯島です。深川みたいな遠いところとかかわりがあるとは思えませんが」

と、それは尾嶋が言った。

深川についても、また金が手に入るあてについても、二人の兄には心あたりがまったくない様子だった。

「前に見えたお役人は、弟らはあの切通しの夜道でゆき合った侍となんらかの原因で喧嘩にでもなり、斬られたのではないかと推量なさっておられた。その場にゆき合わせた座頭が逃げた足音が数人だったと応えたそうですね。その調べは、どうなっておりますか」

龍平は、そちらの調べに、はかばかしい進展がない状況を伝えた。

龍平と寛一は、次に神田明神下の道場清道館を訪ねた。

二人の行状が荒んできたのは清道館を辞めたころからだった。

尾嶋と三谷の兄も、道場を辞めてから弟らの行状が荒み始めたのか、荒んだ行状の末に道場を辞めたのかはわからないが、

「そのころだったと思います」

と、頷き合った。

清道館の倉橋格之進《くらはしかくのしん》は白髪の毅然《きぜん》とした道場主だった。

むろん、調書には倉橋の訊きこみをした内容が記されている。

龍平が同じ話を訊ねることを詫《わ》びると、倉橋は「いいえ。構いませんよ」と穏やかに笑った。

「尾嶋健道と三谷由之助は、十二歳のときに道場の門をくぐり、六年、稽古に通いました。道場を辞めたのは十八のときです。せっかく修行を積んできたのだからここで辞めるのは惜しい、と翻意を促したのですが」

二人は、これ以上家に負担をかけるわけにはいかない、と道場を辞める理由にあげていた。

「しかし本音は、剣術の稽古に望みをすでに失っている様子でした」

だから無理には引き止めなかった、と倉橋は言った。

剣の資質から言うと、尾嶋と三谷に目だつところはなかった。

懸命に励《はげ》めばそれなりの腕前に達しただろうが、さらなる向上を求めることは難しかったし、倉橋が見る限り、懸命に励むというひた向きさが当人らには欠けていた。

「二人ともに鬱屈《うっくつ》を抱えており、十代の伸び盛りだったのですが、少々ひねくれた気質、何かをひがんでいるふうな性根が見えました」

尾嶋と三谷が己の限界や気質に気づいていたかどうか、それはわからない。

ただひとつ、こんなことがあった。

二人が道場を去る三年ばかり前、四、五歳下の寺小姓が清道館に入門した。

尾嶋と三谷は互いに親しすぎるゆえ、ほかの門弟らとの交わりが乏《とぼ》しくなるきらいがあった。周囲の者も二人の間に入っていき辛《づら》く、そのためなんとはなしに道場でも二人だけで稽古をする機会が多くなっていた。

「そういう姿勢では、武芸の向上は難しい」

倉橋は首をひねった。

そんな二人が珍しく、寺小姓の稽古相手になった。

「小柄な可愛らしい、十歳かそこらの輝川《きせん》という寺小姓でした。素朴に剣術を身につけたいという変わった寺小姓でしてね」

尾嶋と三谷は、「稽古をつけてやる」と寺小姓を誘った。

二人をまだよく知らなかった寺小姓は、道場の上級者に稽古をつけてもらえるという意気ごみで臨んだ。

ところが二人は稽古と称して、未熟な寺小姓を容赦《ようしゃ》なく打ちのめした。

それは厳しい稽古というより、二人で幼い寺小姓をからかい、弄《なぶ》っているような仕打ちだったらしい。

「たぶん、尾嶋と三谷は寺小姓ごときが剣術など、という気持ちだったか、あるいは己らの鬱屈やひねくれた気質のはけ口に、これぐらいの子供ならできるだろう、と思ったのかもしれません」

しかし輝川は何度打ちのめされても、痛みを堪《こら》えて懸命にもう一本と挑んでいった。尾嶋と三谷はさぞかし面白かったのだろう。

それがあってから二人は寺小姓をつかまえては、

「輝川、稽古だ。かかってこい」

と、逆に寺小姓をつけ廻すほどになった。

道場主の倉橋や師範代がいるときはそういうことはしないが、倉橋や師範代のいない門弟らが自由に打ち合う折りは、寺小姓は二人の恰好《かっこう》の慰《なぐさ》み者にされたのだった。

けれども、尾嶋と三谷が寺小姓の恨みを買ったかというと、じつはそうではなかった。

「輝川が三年もたたぬうちに、格段の技量を身につけましてね」

と、倉橋がおかしそうに顔を歪めた。

寺小姓の背が急に伸びて若衆ふうになってくると、小柄で瘦せた体軀ではあったが、四肢に力が備わり、いつの間にか尾嶋と三谷は寺小姓に歯がたたなくなっていた。

「これはのちに門弟らから聞いた話ですが、ある日、尾嶋と三谷が輝川に手ひどく打ち据えられましてね。腕前は輝川が二人をとうに凌駕《りょうが》していたのです。ただ輝川は遠慮して手心を加えていた。二人にはそれがわかっていなかった」

寺小姓に散々打ち据えられて、二人は道場で大恥をかいた。

「それがあってから尾嶋と三谷は道場にこなくなりました。二月《ふたつき》ほどたって現れ、道場を辞めると申し出たのです」

輝川に恥をかかされたことが、剣術の稽古に望みを失っている様子に見えた真の事情だったかもしれなかった。

「尾嶋と三谷が道場に通っていたころ、門弟らの誰かに恨みを買っていたことはなかったと思います。二人には友と呼べるほどの仲間もおらず、恨むも恨まぬも、そもそも相手にされていなかった」

と、倉橋は表情を曇らせた。

「道場を辞めて足かけ十四年になります。当道場で修行をした者のよからぬ評判は名誉なことではありませんので、気にはなっておったのです。悪い噂はとき折り聞こえておりました」

悪い噂を聞いていたから、倉橋は尾嶋と三谷のことを覚えていた。

「それらのよからぬ評判が二人の無残な死を招いたとしても、まだ三十一歳という壮漢《そうかん》が、気の毒なことです。輝川は確か、小日向《こびなた》の御家人の家と養子縁組の話があって、今はその家の家督を継いでいるはずです。もう七年、いや八年前になりましょうか」

倉橋は最後にそう言って、龍平に頷きかけた。

五

早い話が、その日は春原がすでに訊きこみを行なったその後をたどったのにすぎなかった。

春原は尾嶋健道と三谷由之助の兄や、清道館の道場主倉橋格之進にもひととおりの訊きこみはしていた。その結果、やはり二人はゆきずりの侍らしき者と喧嘩になり斬られた、という見たてで調べを進めていたふうである。

確かに深川は遠い。

深川の羽織芸者が落ちぶれて岡場所の女郎になった話や、まとまった金が手に入るあても、湯島の女郎が床《とこ》の中で聞かされた話にすぎず、三谷が気を引くために話した戯《ざ》れ言《ごと》かもしれなかった。

春原が関心を持たなかったとしても、不審ではない。

しかし、ゆきずりの喧嘩という見たてを裏づける証《あかし》もなかった。

龍平は念のため、三谷の戯れ言の出先を調べておくつもりだった。

三谷の兄の話から、二人が深川のどこら辺かに知り合いがいたらしい。

それだけは間違いなさそうである。

まず、深川での訊きこみをこまめに始める。二人にかかわりのあった場所や人に地道にあたっていくのだ。

神田明神下から竪大工町の人宿梅宮へ寄った。

龍平と宮三、寛一の三人で明日からの深川一帯の訊きこみの分担をとり決めた。岡場所、芸者置屋、水茶屋、賭場、盛り場……あたる場所は気が遠くなるほどある。宮三の顔の広さが頼りだった。

「旦那、今日は景気づけにうちで一杯呑んでいきなせえ」

宮三に誘われたが、龍平には夕刻から切腹検使の役目が待っていた。

「そうしたいところだが、今晩は検使役の務めがあるのだ」

「昨晩は川開きの警備役。で、今晩は検使役ですか。そいつぁ、ご苦労さまですねえ」

宮三はひどく残念がった。

呉服《ごふく》橋の北町奉行所に戻ったのが夕刻七ツ（午後四時頃）前だった。

今日の検使役の与力花沢虎ノ助《とらのすけ》が、龍平の戻りを待っていた。

牢屋敷での切腹は、評定所において宣告がすんだ当日の暮れ六ツごろに行なわれる。検使役の目付が七ツ半に牢屋敷に到着する。

南北両町奉行所の与力同心の検使役は、検使役の目付が到着する前に牢屋敷にいて、門外で検使役目付を出迎えねばならない。

汗を拭う間もなく、小伝馬町の牢屋敷へ向かった。

牢屋敷へ着いたのは，七ツ半のだいぶ前だった。

切腹を仰せつけられたのは、八木政七《やぎまさしち》という新番衆《しんばんしゅう》の旗本だった。

新番組頭の役目上の指図に遺恨を抱き、殿中において斬りつけ死にいたらしめた咎《とが》である。

切腹の場所は揚座敷の庭前、百姓牢が塀の向こうにある。

五坪ほどの広さに畳四枚が敷かれ、四隅に白張提灯《しろばりちようちん》が据えられていた。

検使役のつく座は、揚座敷の当番所に設けてある。

切腹の用意はすでに整っていた。

夕刻は迫っているが、夏の空はまだ明るかった。

提灯の火が、人の命のように弱々しく灯《とも》っていた。

南町の検使役の与力と同心はすでに到着し、ほかにはこの一件の詮議掛を務めた二名の徒目付も先着し、当番所の座についていた。

龍平ら町奉行所の同心は白衣に黒羽織の定服《じようふく》だが、与力やほかの出役《しゆつやく》はみな麻裃を着用している。

話し声がひそひそと交わされる以外は、牢屋敷同心や下男の足音がやけに耳につき、間延びした厳粛さが庭前を包んでいた。

花沢虎ノ助と龍平は南町の検使役に一礼し、庭前の一隅で検使役目付の到着を待った。

南町の同心が務めるはずの介錯人の姿は見えない。

「介錯は、南町のどなたがなさるのですか」

隣の花沢にそっと訊ねた。

「さあ、誰かな。わしも知らんのだ」

花沢が小声でかえした。

「お目付さまのお見えです。門外までお出迎えをお願いいたします」

牢屋敷の下男が知らせにきた。

牢屋敷門外では、牢屋奉行石出帯刀《いしでたてわき》、詮議掛の徒目付、両町奉行所の与力同心が居並び、検使役目付と従う供の一行を出迎えた。

その日の目付は、長谷部《はせべ》上総守《かずさのかみ》だった。

石出帯刀が案内にたって目付を揚屋敷へ導いてゆき、龍平はその一行の最後尾に従った。

目付の供は門内に入った左手の腰掛で待つ。

揚座敷入り口の改番所を通ると、刑場にさっきはいなかった介錯人が二人、裃の装いで用意していた。

二人とも八丁堀で顔を合わせたことのある南町の同心だった。

ひとりは岡野五郎次《おかのごろうじ》、そして今ひとりは小柄な痩軀を夕暮れ迫る庭前に佇ませている司馬中也だった。

岡野は片膝をついてかがみ、三方《さんぼう》を脇に置いていて、司馬が佇む傍らには水桶《みずおけ》があった。

司馬は裃の肩衣《かたぎぬ》をはずした白衣に襷《たすき》をかけ、袴《はかま》の股《もも》だちを高くとっていた。明らかに介錯を司馬が務め、小介錯は岡野だった。

首斬り中也だ……

当番所へ向かう列の中の誰かがささやく声が聞こえた。あるいは改番所の牢屋同心の声だったかもしれない。

龍平は、かすかに胸を衝かれた。

検使役目付の長谷部が、揚座敷番所の中心の座についた。

立ち会う検使役は、ほかに牢屋奉行石出帯刀、詮議掛徒目付二名、南町より与力と同心二名、北町より与力花沢虎ノ助、そして同心日暮龍平である。

切腹に儀式張ったところはない。

淡々と事は進められていく。

本石町《ほんこく》の時の鐘が六ツを報せたとき、三つある揚座敷のひと屋より八木政七を乗せた駕籠《かご》が運ばれてきた。
駕籠をおりた八木は、水浅黄《みずあさぎ》の袷《あわせ》に同じ色の麻裃だった。
紋はなかった。
刑場を一度見廻し、悠然と畳に着座した。
夕暮れが迫ってあたりはだいぶ暗くなり、四張の提灯の明かりが輝きを増していた。
誰もしわぶきひとつもらさない。
屋敷中は静まりかえっていた。
そのとき、司馬中也がすり足で八木の左へ進み出て一礼した。
「それがしは岩瀬伊予守《いわせいよのかみ》同心。このたび介錯役仰せつけられ候《そうろう》」
と、刑場に声を響かせた。
澱《よど》みなく、しかし優しい声だった。
龍平は胸の高鳴りを覚えた。
「御大義に存ずる。見苦しからぬよう頼み入る」
八木が司馬の足元へ眼差しを投げ、嗄《か》れた声をかえした。
八木の年は龍平より二つ三つ上である。

小介錯の岡野が八木の右手へ進み、

「お支度《したく》をなさるように」

と、これは少し小声で言った。

八木は無言のまま肩衣を撥《は》ね、ずっ、ずっ、と袷の両肌《もろはだ》を寛《くつろ》げた。そして、

「脇差を……」

と言った。

岡野は三方へ白紙を巻いた脇差を載せ、それを両手で掲げた。

すると司馬は、黒鞘《くろさや》の大刀を提灯の明かりの中で抜き放ち、それを脇に隠して八木の後ろへ廻った。

岡野が三方を八木の二尺（約六〇センチ）ほど前に置いたとき、司馬の小柄な痩軀が大刀をわずかに青味を残した宵の空へかざした。

数羽の鳥《からす》が夕暮れ迫る上空を飛んでいくのが見えた。

司馬の顔色が白粉を塗ったように白く見え、薄い二重のきれ長の目、すっと尖った鼻筋、赤い唇が、まるで絵双紙の錦絵を思わせる美しさだった。

御殿女中が男装に拵えているかとすら思わせた。

「おお……」

検使役の間から、かすかな驚きの声が聞こえた。

切腹と首斬りの血腥《ちなまぐさ》い実事《じつじ》と司馬の優美な仕種との落差が、束の間、刑場のすべてを夢幻の光景へ誘《いざな》ったかのようであった。

大刀の長さに較べて、司馬の身体は小さく儚く見えた。

しかし、構えは見事だった。

寸分の歪みも傾げもなかった。

八木が少し伸びあがって、三方へ手を伸ばした。

光が舞ったように見えた。

司馬の痩軀が傾いだ。

ふわり、と沈めたかに見えた。

龍平は息を呑んだ。

同時に、すっ、と滑らかな音を残し、八木の身体が三方の前へ落ちた。

司馬の沈んだ身体はすでに停止していた。

叫び声も呻き声もなかった。

ただ、血を噴く音が、しゅしゅしゅしゅ……と聞こえ、畳に黒い色がゆっくりと広がっていた。

岡野が八木の身体を起こし、わずかに残って首と身体をつないでいる皮をかき落とし、首をあげ、検使役へ見せた。

「上総守、切腹見届け候」

目付の隣の徒目付が高らかに告げた。

「願出《ねがいで》に任せ、勝手次第に引きとり候ように」

そう沙汰《さた》をすると、八木の相番らしき新番衆の士が二人、刑場に現れた。

検使役目付の長谷部はすぐに座を立ち、揚座敷から引きあげていく。

刻限は六ツをすぎてからたいしてかかっていなかった。

相番の士が死骸に薄縁《うすべり》をかけていた。

司馬が岡野とともに刑場を去りながら、当番所の龍平の方へちらりと眼差しを寄越《よこ》す仕種を見せた。

龍平は司馬に頭を垂れた。

が、司馬に見えていたかどうかはわからない。

花沢虎ノ助に続いて揚座敷の改番所を出るのと入れ替わりに、戸板を持つ八木家の者らが死骸を引きとりのため刑場へ入ってきた。

牢屋奉行の石出帯刀や牢屋同心、下男らに見送られ表門を出たとき、小伝馬町はすっかり暮れていた。

奉行所への帰途、本町《ほん》の裏通りで花沢虎ノ助が溜息交じりに話しかけた。

「凄《すさ》まじい技であったな」

「まことに。息を呑みました」

龍平は花沢の丸い背中へ言った。

「この年まで首斬りの検使役は何度か務めたが、やはり慣れぬのう。役がすんだ後はいつも気が重くなる」

花沢は五十をすぎた五番組支配役与力である。

「日暮はまだ若いからさほどではなかろうが、この年になると首斬りの検使役は勘弁願いたいなあ」

従う龍平へ疲れた眼差しを向け、龍平は黙って頷いた。

「南町の熊田《くまだ》がさっき牢屋敷で、南町随一の介錯人司馬中也だ、と言っておった。首斬り中也だとな。日暮は、知っていたか」

「八丁堀で会うと、挨拶《あいさつ》ぐらいは交わします」

「わしも何度か道で会って会釈をしたが、あのなよなよした男がまさか司馬中也だとは思わなかった。年だな。名と顔が違っていたよ」

花沢が笑った。

「介錯人にしては、小柄ではありますね」

「噂では司馬は、自ら首斬り役を買って出るそうだ。みな好まぬのに、それで首斬り中也と渾名がついたのだ」

大店の多い日本橋の大通りからはずれた裏道は、日が暮れて人通りが少なくなっていた。

昼間の暑さが収まり、小路に縁台を出して涼をとっている手代や下女らがそこかしこに見えた。

路地で花火を楽しんでいる子供らもいた。

犬が軒下を嗅ぎ廻っていた。

誰かがやらねばならない、と龍平は考えながら重い歩みを進めた。

「中也は、司馬家の養子だそうだな。八年ほど前だったか……」

花沢が言った。

聞いたことはあった。龍平自身、日暮家の婿養子ゆえに意識せずとも記憶に残っていた。

「ご実家はどちらなのですか」

「先年亡くなった先代の司馬とさほど親しかったわけではないので詳しくは知らん。小日向か牛込《うしごめ》かの窪塚《くぼづか》という御家人の部屋住みだったそうだ。ふふ……日暮みたいに旗本の家の者が町方になるのは珍しい」

花沢はまた龍平へふり向き、笑みを寄こした。

はあ――龍平は曖昧《あいまい》な声をかえした。

「福澤から聞いたが、日暮は小野派一刀流の達人だそうだな」

年番方与力筆頭の福澤兼弘である。

「いえ。達人など、とんでもありません」

「隠密《おんみつ》廻り方の萬七蔵《よろずななぞう》も言うておったぞ。北町の一番の使い手は日暮龍平だとな。あの萬が言うのだから、凄いよ」

北町の萬七蔵の腕前は、奉行所のみならず、南町、火付盗賊改《ひつけとうぞくあらため》、目付衆の間にも広まっている。

「日暮の腕と司馬中也と較べたら、どうなのだろうな」

龍平は応えられなかった。

「日暮がそれほどの腕前とわかっていたら、首斬り役も廻ってきていただろうにな。おぬし、隠していたな」

いえ、そういうことでは、と龍平は首を左右にふった。

ふと、司馬の薄い二重のきれ長の目がよぎった。

司馬は確かに検使役の龍平を見ていた、とそんな気がした。

剣は力ではない。

龍平の背中に、ひと筋、冷たいものが走った。

第二話　寺小姓

一

翌日も日差しの厳しい夏の一日となった。

今年は雨が少なかった。

龍平と宮三、寛一親子の三人は、油堀《あぶらぼり》より南の海岸までの盛り場にある岡場所から芸者置屋や茶屋の一軒一軒の訊《き》きこみにあたった。

しかしながら一日目の訊きこみでは、尾嶋健道と三谷由之助を見知っている者、名前を聞いたことのある者は見つからなかった。

二日や三日で終わるとは思っていなかったけれども、炎天下の深川を歩き廻るのは、覚悟していた以上にきつい仕事だった。

それに成果がまったくないということが、よけい身体《からだ》に堪《こた》えた。

夕刻、深川から北新堀町《きたしんぼり》へ大川を渡す永代橋《えいたい》に疲れた足音を鳴らしつつ、龍平は宮三と寛一に言った。

「親分、寛一、この暑さにはまいったな。きついとは思っていたが……」

「こう日照りが続いちゃあ、今夜も寝苦しい夜になりそうですね。ひと雨ざっとくれば涼《すず》しくなっていいんですがね」

宮三が応えると寛一は、

「あっしはこれぐらい平気でさ。雨になったらなったで足元が悪くなって、そっちの方が歩き廻るのはやっかいだ」

と、若い笑顔を浮かべて快活に言った。

「それもそうだな、寛一。天気が崩れぬ間に、せいぜい汗をかくか」

「明日から助手《すけて》を頼んでおりますので、探索の人手が増やせます。なあに、虱潰《しらみつぶ》しにあたるったって高《たか》が深川界隈《かいわい》。尾嶋と三谷の足どりぐらいわけなくつかめます」

宮三が頼もしく言ってくれる。

夏の日が西に傾いて、吹き寄せる涼しい川風に包まれた永代橋をゆく三人の眼前に、茜《あかね》色の空が広がっていた。

今夜は人宿《ひとやど》仲間の寄合がある宮三寛一親子と別れ、帰途の亀島町河岸通りまできたとき、通りの先の亀島川から北島町の方へ入り堀が分流する堤道の辻で、俊太郎と司馬中也が立ち話をしているのが見えた。

俊太郎は中也を見あげ、身ぶり手ぶりで話しており、司馬はふんふんと顔をふったり、とき折り首を左右にしたりして、二人はとても親しげだった。

司馬は同心の定服《じょうふく》だったが、下男を従えていなかった。

龍平が足早に近づいていくと、二人はほぼ同時に龍平に気づいた。

俊太郎の顔がはじけ、中也は両手を膝にあて龍平へ丁寧《ていねい》な礼を寄こした。

「父上、お帰りなさい」

龍平は俊太郎に「うん」と頷《うなず》き、司馬へ愛想よく会釈《えしやく》を投げた。

「司馬さんも、今お戻りですか」

「はい。日比谷《ひびや》町に所用がありましたので、下男を先に帰して用をすませ戻ってきましたら、ここで俊太郎どのとお会いしました」

司馬は恥ずかしそうに顔を赤らませ、優しい笑みを浮かべた。

昨夜の凄艶《せいえん》とした介錯《かいしやく》人の面影は、微塵《みじん》もなかった。

穏やかで、ほのぼのとした風情《ふぜい》すらうかがえた。

「日暮さんは、おひとりでどちらへ？」

「わたしは深川に用があり、今日は朝から歩き廻り少々くたびれました」

「この暑さの中、朝から外廻りはお疲れさまです。ご用はつつがなくおすみでいらっしゃいますか」

「はかばかしい成果は、まったくありません。しばらく、深川詣《もう》でを続けることになりそうです」

司馬は優しい笑みを頷かせ、けれどもどういう仕事かは訊《たず》ねなかった。

昨夕、牢屋敷刑場で見かけたことも、介錯の役目についても言わなかった。

司馬が言い出さぬのだから、龍平は黙っていた。

刑場を去るとき、龍平に眼差《まなざ》しを寄こした気はしたが、気づいていなかったのかもしれぬ。

「さようですか。ご苦労さまです。それでは、俊太郎どの、また」

「失礼します」

俊太郎が応えた。

司馬は龍平と俊太郎に会釈をくれ、入り堀の道を北島町の方へ歩み去った。

龍平と俊太郎は、夕空が茜色に染めている亀島町河岸通りをとった。

俊太郎が龍平を見あげ、訊いた。

「今日は深川だったのですか」

「そうだ。一日中歩き廻ったお陰で、いい鍛錬になった」

「湯島の切通しで下谷の御家人が斬《き》られた一件をお調べなのでしょう。深川とかかわりがあるのですか」

「おや。湯島の切通しの一件を知っているのか。誰から聞いた」

「今日、古橋《ふるはし》の幸二郎《こうじろう》と加藤《かとう》の新蔵《しんぞう》と遊んだ折り、父上がお奉行さまに湯島切通しの一件の掛《かかり》を申しつけられて困っている、と言っておりました。御家人は夜道でゆきずりの凄腕の侍と喧嘩になり、斬られたそうですね」

古橋も加藤も、龍平と同じ北町奉行所同心の朋輩《ほうばい》である。

その子供らが俊太郎と遊んだ折り、父親らから聞いた話を俊太郎に聞かせたのだ。

「困っているのではない。今はまだ確かな調べがついていないだけだ」

龍平は言い、ふふ……と笑った。

「確かなことがわからぬのですか」

俊太郎は好奇心の強い子である。

「御家人は、神田明神下の清道館という道場で剣の修行を積んだ剣術使いだそうですね」

「そんなことまで知っているのか」

剣術使いとは物は言いようだが、子供同士、仕方あるまい。

「剣術使いではない。若いころ清道館という道場へ稽古に通っていただけさ。それに御家人ではなく、御家人の家の部屋住みだ」

「なんだ。剣術使いと聞かされたものですから、今、司馬さんにおうかがいしていたのです。斬られた御家人をご存じかどうか」

うん？――と、龍平は並んで歩いている俊太郎を見おろした。

「俊太郎、どういうことなのだ」

「ですから、御家人をご存じであれば、いかほどの使い手だったかをうかがおうと思って。それがわかれば、少しは父上のお役にたつのではありませんか」

「そうではなく、なぜ司馬さんに訊くのだ」

「司馬さんは、神田明神下の清道館で剣術を稽古なさっていたからです」

龍平の足が止まった。

俊太郎の小さな肩を押さえると、何か？　というふうに龍平を見あげた。

「それは誰から聞いた。確かに、清道館なのか」

「司馬さんにうかがいました。以前、司馬さんのお屋敷へ友らと一緒におうかがいした折り、どうしたら強くなれるのか、みなで稽古の方法を訊ねていたときに、清道館で剣の腕を磨いた話をなさっておられました」

「司馬さんが清道館で稽古をしていたのは、いつのころだ」

「いつのころって……」

俊太郎は首を傾《かし》げた。

龍平はきた道をふりかえった。

通りは荷車や、両天秤《てんびん》の振り売り、辻駕籠《つじかご》が往来し、野良犬がさまよい、侍に町民、表店《おもてだな》の売り物を並べた台を見て廻る通りがかりの姿で賑わっていた。

人も店も道も夕日を浴びて茜色に染まり、町には夏の宵が迫っていた。

二

夜五ツ（午後八時頃）に四半刻《しはんとき》（約三〇分）前、龍平は麻の着流しに一升《しょう》徳利を提げ、入り堀に架《か》かった地蔵橋をすぎた。

北島町の町地と町方役人の組屋敷が入り組み隣り合った一画に、南町奉行所同心司馬中也の組屋敷がある。

片開きの木戸から表入り口まで、暗い前庭に踏石が並んでいた。

板戸を立てた表入り口に佇《たたず》み、声をかけた。

「ご免ください。日暮です」

やや間があって、人の気配がした。

「ただ今」

滑《すべ》りの悪い音をたて、板戸が開いた。

見覚えのある司馬の下男が顔を出し、

「お待ちいたしておりました。どうぞ。お入りください」

と、龍平を表の土間へ招き入れた。

司馬中也が手燭《てしょく》をかざし、土間に続く板敷に立っていた。

「夜分、申しわけありません。司馬さんと一献《こんく》酌み交わしながら、お話がしたくて押しかけました」

龍平は徳利を持ちあげた。

「いいですね。日暮さんにお訪ねいただけるなんて、とても嬉《うれ》しい。さあ、あがってください。与平《よへい》、湯呑と少し肴《さかな》を用意してくれるか」

下男の与平が「承知いたしました」と応えた。

龍平は軋《きし》みをあげる板敷を踏んで、廊下の奥の四畳半へ案内された。

部屋は掃除がいき届いていたが、畳《たたみ》が黄ばみ、そこも床下が少し軋んだ。

西側の障子が開け放たれ、蚊《か》遣《や》りがたいてある。

壁際には書物が積んであり、衣桁《いげた》に鼠色《ねずいろ》の帷子《かたびら》がかけてあった。

障子の近くに置いた角行灯《かくあんどん》が、部屋の隅の刀架にかけた黒鞘《くろさや》の大刀と濡《ぬ》れ縁《えん》から狭い裏庭へ、山吹色の薄明かりを降らせていた。

黒鞘の大刀を一瞥《いちべつ》したとき、昨夕の牢屋敷刑場であの大刀をかざした司馬のふる舞いが、束の間、よぎった。

「こちらが涼しいので」

司馬は濡れ縁の側に龍平を導いた。

龍平は差料《さしりよう》を後ろへ置き、司馬と向かい合って座った。そうして徳利を二人の間に置いた。

濡れ縁の先に柱がたててあり、柱には隙間なく荒縄が巻かれてあった。

庭は灌木《かんぼく》の黒い影が囲っていた。

「わが家を訪ねてくる方は滅多《めった》にいないのです。お客をお迎えするのは何年ぶりだろう」

司馬の柔和な笑みが、龍平へ投げかけられた。

「南町のご同輩と、おつき合いがあるのではありませんか」

「下手なのです。人とのつき合いが上手くできない。わたしといると、みな重苦しい気にさせられるようです」

「きっと司馬さんの容姿ふる舞いがあまりに優雅なので、みな気後れを覚えるのですよ」

はは……と司馬はしなやかな笑い声をまいた。

「止《や》めてください、優雅なだと。わたしのような者が恥ずかしい」

司馬は庭へ顔を向け、鼻筋の尖《とが》った初々《ういうい》しい娘のような白い横顔を龍平に見せた。

下男が湯呑と干した鱈《たら》に香の物を盆《ぼん》に載《の》せて運んできた。

龍平は夕刻、夜食後おうかがいしたい、と司馬中也の都合を訊きに松助を使いにやり、お待ちしている、と司馬の返事を受けていた。

一升徳利を提げて訪ねてきた。

龍平は二つの湯呑に酒を満たし、黙って呷《あお》った。

司馬の赤い唇が、湯呑をやわらかく舐《な》めた。

確かに、娘の初々しさを思わせる司馬の容姿には、近寄り難い陰翳《いんえい》が刻まれているかもしれない。

言葉をかけにくい、物憂げな暗みが彼方《かなた》に投げた眼差しにひそんでいた。

「あの柱を、打ちこみの稽古に使っているのですね」

龍平は荒縄を巻いた柱を見つめた。

「稽古ではありません。以前、気が沈んだときに思いきり打ちこんで、鬱屈《うっくつ》したものを晴らしていたのです。でも、近ごろはやっていません。幾ら打ちこんでも、沈んだ気は晴れない」

「剣の修行はどちらでなさったのですか」

司馬の横顔に訊ねた。

ふっと司馬は横顔をゆるめた。

「少しは道場に通いましたが、ほとんどが我流です。己の身体、資質に合った剣を自分で工夫しました」

「ご自分で？　それであれほどの……」

司馬は龍平に向き直り、嫣然《えんぜん》とした。

「日暮さんが検使役《けんしやく》で見えられたので、少し気が乱れました」

やはり司馬は昨日、龍平に気づいていた。

「見事、としか言いようのない介錯でした」

「未熟者です。わたしより優れた技量の方は幾らもいらっしゃいますが、みなさん、介錯役をいやがって、わたしが断れないものだから、わたしに押しつけるのです。そしてみなさん、仰《おつしや》るのです。わたしが首斬り役を自分からやりたがっていると。それで、首斬り中也、と渾名《あだな》をつけられました」

司馬は湯呑を両掌で支え、ひと息に呷った。

白く長い喉首が艶《つや》めかしく鳴った。

「日暮さんは小野派一刀流、ですね」

司馬は湯呑を膝の上で弄《もてあそ》んだ。応えようとした龍平を遮《さえぎ》るように、それから続けた。

「隠しているけれど日暮さんの一刀流は本物だ、あれは人には真似できぬ天賦《てんぷ》の才だ、という噂を聞きました」

司馬は徳利をとって龍平と自分の湯呑に酒をついだ。

「首斬り役など、幾ら見事にやっても蔑《さげす》まれるだけです」

龍平と司馬は眼差しを交わしつつ、湯呑の酒を口に含んだ。

行灯の薄明かりが、昨夕の刑場で見た介錯人の顔を浮かびあがらせた。

「日暮さんはいい。旗本《はたもと》の血筋に生まれ、優れた才を持ち、八丁堀でも評判の美しく賢《かしこ》い妻を持たれ、可愛《かわい》らしい子供に恵まれ、人からも一目置かれている。同じ養子縁組で町方同心になった身だけれど、あなたとわたしとは、人としての奥行きがまるで違う」

司馬の家は数年前、隠居の身に退いていた義父が亡くなり、今は老いて病気がちな義母、奉公人の下男、それに通いの下女の寂しい暮らしである。

家の中は静まりかえっていた。

龍平は湯呑を置いた。

「人は自分以外の者を端《はた》からしか見ることができません。端からではなく真《ま》っ直《す》ぐ見たら、人の奥行きにさして違いなどありはしません」

司馬はまばたきもせず、龍平を見つめた。

「あなたはいい人だ。生まれや身分や血筋で人を蔑まない。俊太郎さんは人への思いやりの深い賢い少年です。俊太郎さんを見ていれば、父親であるあなたがどういう人かわかります」

司馬の真剣な表情が、ふっとやわらかくなった。

「日暮さん、遠慮なく仰ってください。清道館のことで何かお訊ねではないのですか」

龍平はこくりと頷いた。

「先月四月二日の夜、御家人の部屋住みの尾嶋健道と三谷由之助という侍が、湯島切通しで斬られました。その一件の掛を命ぜられております」

「存じあげております。昨日、南町にも湯島切通しの一件が、廻り方の春原さんから日暮さんに掛が代わったという触れが伝わってきました。春原さんは一昨日《おととい》の薬研堀の勘定組頭《かんじょうくみがしら》殺しの一件に専念なさるそうですね」

同じ町方なのである。南町にそれぐらいの触れが廻るのは、当然といえば当然だった。

「十三年ほど前まで、尾嶋と三谷は神田明神下の清道館に剣術の稽古で通っておりました。その清道館に司馬さんも以前通っておられたと、俊太郎に聞いたものですから、もしや、尾嶋と三谷をご存じではないかと思い……」

「申しわけないのですが、お二方の記憶はありません。じつはわたくし、清道館には十二、三歳のときに数ヵ月ほど通っただけで辞《や》めたのです。先ほども申しましたように、剣術は我流で身につけました。大勢の門弟と揃《そろ》って稽古をするという行為が苦手というか、上手くできないからなのです」

司馬は湯呑を両掌で握《にぎ》り締《し》めた。それから、

「心気《しんき》が合わないと言いますか、ひとつに向かって熱気が高まる中で、自分だけ心が冷えて、とり残されてしまうのです。育ちの遅い男でしたので、それが堪えられなかった」

と言って額に手をあて、小首を傾げた。

「俊太郎さんには、我流というのが言い辛《づら》くて高々数ヵ月のことをつい大袈裟《おおげさ》に申しました。今度、俊太郎さんに会った折りにお詫《わ》びいたします」

「その程度のことで詫びなど、必要ありません。そうだったのですか。では尾嶋も三谷もご存じではないのですね」

「はい。友や親しい朋輩をつくる間もありませんでした。むろん倉橋格之進先生は記憶しておりますが、師範代はどなただったか、もうそれも思い出せません。お恥ずかしい次第です」

司馬は童子のような照れ笑いを見せた。

両掌で湯呑を包み、口元へ運んだ。が、それを止めて、

「先刻、河岸通りで深川を廻られたと仰っておられましたね。ということは、湯島の一件が深川に何か手がかりがあるのですか」

「ええ、まあ……手がかりと言えるほどのことではありません。念のための調べです」

「念のために深川、ですか。湯島の一件は夜道でゆきずり同士の喧嘩《けんか》が元らしいと聞いておりましたが」

「そうかもしれません。ただ、そうと決める証《あかし》があるわけでもないのです」

司馬は、ふうん、と気だるげに首をふり、庭の暗がりへ視線を泳がせた。

「あ、螢《ほたる》だ。日暮さん、ほら、あそこに、螢が飛んでいますよ」

司馬が庭を指差した。

見ると、二つ三つの小さく儚《はかな》い光が、ゆら、ゆら、と灯《とも》しては消え、消えてはまた灯しながら、灌木の黒い影の中を浮遊していた。

「また、螢の飛び交う季節が、きたのですね」

司馬がしみじみと言った。

物悲しい気分が、龍平の胸に少しだけこみあげた。

そのときわけもなく、清道館に通っていた寺小姓の話が思い出された。

「司馬さん、清道館にあなたと同じ年ごろの寺小姓が剣術の稽古に通っていたのですが、覚えていらっしゃいませんか。とても熱心な寺小姓で、数年のうちにめきめき腕をあげたそうです」

龍平は、ぽつりとさりげなく訊いた。

「寺小姓？」

司馬の端整な横顔が、「さあ……」と呟《つぶや》き、庭の螢を目で追いかけつつ微笑《ほほえ》んだ。

三

なぜだろう――龍平は己自身に問うた。

迂闊《うかつ》だったな、とも思った。

「宮三親分、清道館に気になることがあって、どうもすっきりしないのだ。そっちを今一度調べ直し、すっきりさせてから深川へ向かう。すまないが、手分けして深川の訊きこみを進めていてくれ。後で追いかける」

「承知しました。神田明神下の清道館ですね。深川の方は任せてくだせえ」

龍平と寛一は宮三と別行動をとり、神田竪大工町の人宿《梅宮》から八辻《やつじ》ヶ原《はら》、そして昌平《しょうへい》橋を渡って神田川を越え、神田明神下へ出た。

「たびたびのお役目、ご苦労なことです」

と、清道館の道場主倉橋格之進は、白髪を総髪に結《ゆ》った一文字髷《まげ》が年相応に似合う毅然《きぜん》とした風貌をゆるませ、龍平と客座敷の縁廊下に控えている寛一をねぎらった。そして、

「ほお？　輝川の、寺小姓のことをですか」

と、すぎた年月をふりかえるように眼差しを虚空《こくう》に泳がせた。

「小柄で色が白く、うら若き娘を思わせる風貌でした。十七、八の元服をしてもいい年ごろになりながらまだ若衆髷のままで、それが娘の無理に拵《こしら》えたふうな奇妙な装いに見えたものですから、輝川に思いを寄せる門弟もいたという噂もありました」

噂を聞いただけですので、どうなったかは承知しておりませんが、と倉橋は笑った。

「尾嶋健道と三谷由之助を打ちのめした輝川の腕前とは、どれほどのものだったのですか」

「その場に居合わせたわけではなく伝聞です。ともかく、剣の技を身につけたかどうかを云々《うんぬん》する以前の、動きの速さの違いが比較にならなかったそうです。尾嶋も三谷も竹刀《しない》をふり廻すばかりで、防具の上から打ちこまれてさえ失神したとか、聞きました」

そのとき、輝川は十三歳ぐらいだったはずである。

尾嶋と三谷はすでに元服をしていた。

輝川はそれまで、つけあがる二人に遠慮していた怒りを、一気に吐き出すかのごとくに、打ちのめしてもなお、竹刀を浴びせたという。

「二人をともにですか」

「ふむ。初めは尾嶋ひとりでした。しかし尾嶋を打ち倒したうえに打撃の手をゆるめないため三谷が打ちかかったところ、今度は三谷を同じ目に遭《あ》わせた。二人が失神したらしく、呻《うめ》き声も聞こえなくなってほかの門弟らが慌《あわ》てて輝川を止めに入ったのです」

若衆髷に結ってはいても、十三歳の童子がようやく男になりかけたばかり。

月代《さかやき》を剃って元服を果たした十八歳の一人前の尾嶋と三谷が、ほかの門弟らの前で失神させられた。

　やはり道場には居辛かったであろう。

二人は道場を去り、荒《すさ》んだ道へと落ちていく。

「むろん、輝川の試合は何度か見ました。十八の年に道場を去りましたが、十七、八のころ、わたしは輝川が一本をとられた試合を見たことがありません。持って生まれた俊敏さと、技のきれ、と言いましょうか、鋭利な刃物を思わせる鋭さが、あの男の剣の強さの根本でしょう」

　のみならず、鞭《むち》のような身体の撓《しな》り、高きから低きへ流れる水のごとき無理のない滑《なめ》らかな四肢の運び、まさに紙一重《かみひとえ》の間で攻撃をかわす獣じみた触覚、そして紙一重の間を読む知と肉薄する勇気……と倉橋はあげた。さらに、

「輝川は小太刀《こだち》を使いました」

　と言った。

　背丈は五尺五寸（約一六五センチ）ほどの痩躯《そうく》。己の体軀に相応《ふさわ》しい剣を自ら工夫した。

　右手で小太刀を使い、相手の動きに応じて、あるいは相手を翻弄《ほんろう》するために、

いつしか左手に持ち変えて使った。

「そのような小手先の技を、と注意したことがありました。以後、わたしにはその技を見せませんでした。ですが今から思えば、あの男は武闘においてひたすら強くなりたいと憑《つ》かれていた、そんな気がします」

龍平は輝川という小柄な若衆が、左右どちらの手にも小太刀を持ち変え、ふるうさまを思い描いた。

小太刀とはいえ剣は重い。そんな技が使えるのだろうか。

龍平は好奇心をそそられた。

「養子縁組の話が、進んだのでしたね」

「わが道場で腕をあげたことが養子縁組のなんらかの役にたったのなら、嬉しい限りです」

寺小姓は、貧しい御家人や旗本の部屋住みの美童が、十歳前後のころに裕福な寺の住職や高僧の元へ小姓として奉公させられる。

住職や高僧の世話をする小姓でありながら、その寵愛《ちようあい》も受けることになる。

二十歳近くまでおよそ十年、寺小姓として寵愛を受けて暮らすと、僧侶になる者、元手をもらって商人《あきんど》になる者、そして中には幾人扶持《ぶち》かの御家人株を買ってもらい御家人になったり、養子縁組先を世話してもらったりする。

ほぼ十年我慢すれば、曲がりなりにも武家の家督を継ぐ身分にもなれる。

その間、寺小姓は好きな勉学をさせてもらえるし、望めば剣術を身につけることもできた。恋童である。

輝川もそういう寺小姓だった。

そうして望みどおり、御家人の身分を得たのだろう。

縁組先は小日向か牛込の御家人だったが、倉橋は輝川がその後、どうなったかは噂も聞いていなかった。

輝川は忽然《こつぜん》と姿を消したのである。

「輝川が寺小姓をしていた寺はどちらですか」

「どこの寺か、道場の名帳を確かめればわかります。もう八年、足かけ九年前のことですのでどこの寺だったか。確か、谷中《やなか》の……」

倉橋は若党に命じて、道場の名帳を持ってこさせた。

それをめくり、「ああ、これだ、ありました」と言った。

「妙玄寺《みょうげんじ》という寺です。谷中の三浦《みうら》坂です。そちらで訊ねられれば、もう少し詳しいことがわかるでしょう」

「谷中の、妙玄寺？　間違いありませんか」

龍平は訊きかえした。

意外に思ったのだ。

「間違いありません。名帳に記してありますし、わたしも思い出しました。妙玄寺が何か」

いえ……と、龍平は言葉を濁した。

四

谷中三浦坂の界隈は、一帯が寺町である。

坂の途中に美作勝山《みまさかかつやま》藩三浦家の下屋敷がある。

入り組んだ坂道の両側に、寺院の土塀より高く木々が生い茂り、蟬時雨《せみしぐれ》が降っていた。

木漏《こも》れ日が道を白い斑《まだら》模様に染め、青空にちぎれ雲が浮かんでいた。

偶然、としか考えられない。なんのつながりもない。だが、龍平はむっつりと考え続けた。

身体が汗ばんでいた。

「旦那、どうかなさったんですか」

清道館を出てから谷中の三浦坂まで、龍平がひと言も話さないのを寛一が気にかけて訊いた。

「うん？　うん……」

龍平はそぞろに応え、木々の青葉を見あげた。

蟬時雨が龍平の物思いをかき乱した。

「寛一、妙玄寺はな、四月の終わりごろに起こったある一件とかかわりのある寺なのだ。知らないか。四月の終わりごろ、本所の横十間川の亀戸村堤で、ある坊さんが斬られた。坊さんの名はなんと言ったか。一件の調べは今もまだ続いていると思う。その坊さんの寺が谷中の妙玄寺だ」

「ほお。四月の終わりごろと言やぁ、あっしらが《朱鷺屋》の伝七殺しを探っていたころですね」

「ふむ。あれより少し後に起こった一件だった。おれは掛ではないから、詳しい経緯《いきさつ》は知らない。たぶん、まったくの偶然が重なっただけで、ただそれだけのことなのだろう」

龍平は首筋を指で拭《ぬぐ》った。指先が汗でぬるりと滑った。

「これ以上寺小姓の素性を探っても、湯島切通しの一件とかかわりがあるとは思えないのだが、だがな寛一、寺小姓がなぜ妙玄寺だったのだろう。なぜ横十間川で殺された坊さんの寺だったのだろう」

「そういう偶然が、あり得ねえことはねえでしょうが……」

「ああ、あり得ないことはない。だから」

と、龍平は寛一へ振りかえった。

「気になる。臭う、としか言いようがないのだ。それを考えていた」

「旦那、無駄だったとしてもいいじゃねえですか。ほんのちょっぴりでも臭うなら、気がすむまで探ってみましょう。網の小さなよじれでも、放っておいちゃ心地が悪いじゃありませんか」

寛一が宮三親分みたいな口調で言い、龍平を笑わせた。

黒い袈裟《けさ》法衣《ほうえ》のその平僧は、坊舎の黒光りする板敷の上がり框《かまち》にかけた龍平と向き合って、半ば、またか、という顔つきで畏《かしこ》まっていた。

横十間川の一件は、斬られたのが妙玄寺の高僧慈修《じしゅう》ではあっても町方の掛だったため、町方が何度か事情を訊きにきて対応したのがこの平僧らしかった。

慈修は妙玄寺の住職ではないが、寺小姓を置くことを許された高僧だった。

「それについては何度も申しあげましたが」

と、平僧は薄笑いを浮かべて言った。

「慈修さまはご立派な尊師さまでいらっしゃいます。どのようにお暮らしかをわたしどもがとやかく申しあげることはございません。あの日、本所へ向かわれたのは尊師さまのご事情があってのことと忖度《そんたく》いたしますが……」

「お待ちください。本所の横十間川の一件でうかがったのではないのです」

龍平は平僧を制した。

「は？」

平僧はだるそうな薄ら笑いを消した。

「慈修さんにかどなたにかは存じあげませんが、こちらの妙玄寺では、以前、もう八、九年になりましょうか、輝川という寺小姓を置いておられましたね。その輝川の素性と、今どうしているかをうかがいたいのです」

「きせん……」

平僧は眉間《みけん》に皺《しわ》を作って目を泳がせた。

「娘にも見える色白の、若衆にしては小柄で、神田明神下の清道館という道場に剣術の稽古に通っておりました。十八のとき養子縁組の話があって、こちらから退いていると思われます」

「はいはい、輝川は覚えています。確かにおりました。慈修さまに仕《つか》えておりました小姓です。慈修さまの覚えのいい若衆でした。そういえば、剣術の稽古にも通っておりましたな。しかし剣術ばかりではありませんでしたよ。八部《はちぶ》の学などにも熱心に取り組んでおりました」

八部とは浄土宗の大衆《だいしゅ》が学ぶ八教科みたいなものである。

「それに声がよかった。女性《にょしょう》が唄うような声を出しましたので、輝川が声明《しょうみょう》を勤めるとさぞかし法式を華麗に彩《いろど》ったでしょう。惜しいことに僧になる道はとりませんでしたが」

「小日向か、牛込か、御家人と養子縁組を結び、今はそちらの家の者になっているとうかがいました。その家をご存じではありませんか」

「慈修さまに奉公していた小姓につきましては、小姓を選ぶのもゆく末の面倒もすべて慈修さまがおひとりで指図なさっておられました。ですから、輝川が今、どういう身分を得て暮らしておるのやら、わかりかねます」

寺を出て御家人株を買い侍暮らしをするにせよ、商いの道に進むにせよ、寺小姓奉公の素性《すじょう》を隠そうとする者はいる。

また、家督を継ぐ当てもない二男や三男の部屋住みを寺小姓に出した御家人や旗本でも、そういうことはあまり大っぴらにはしない。

慈修がひとりで指図していた事情は、頷けなくはなかった。

「慈修さまは、小姓を常に二人、少なくともひとりはお側《そば》に置かれておられましたし……」

と、平僧は首をひねった。

「おそらく輝川は、どちらかの武家の部屋住みだったと思われます。輝川の実家をご存じでは？」

龍平が続けて訊くと、

「あの子は、お武家の部屋住みとか、そういう素性ではなかったと思います」

と、今度は少し身体を前のめりにして声をひそめた。

「わたしが当寺で修行に入る前から、あの子はすでに寺奉公をいたしておりました。慈修さまはたとえ微禄でもお侍の血筋でなければ小姓にはなさいません。たいていは十歳くらいから奉公にまいります。けれどもあの子の場合は事情があったらしく、六歳の年から慈修さまにお仕えしており、実家はお武家ではなかったようです」

「武家の部屋住みではなかったと」

「たぶん、深川の町家の子だったのではないですかな」

深川の……と龍平は呟いた。

「わたしとは七つ八つ年が離れており、大きくなってからも周囲と馴染《なじ》まずひとりでぼうっとしておる子でしたので、同じ寺で暮らしていても親しい交わりはなかった。ただそれでもちらとは言葉を交わしたことがあって、親のことなどを訊ねた折りがありました」

平僧はさらに声をひそめた。

「それでわかったのです。おそらく、輝川自身、自分の親のことをよく知らなかったと思われます」

「どういう意味ですか」

「親が、いなかったのですよ」

「親がいなかったとは、捨て子だったと？」

「と言うのでもないのです。慈修さまが輝川本人に話しておられるのを、側にいて聞いたことがあります。ですから、別に隠しだてする事情ではないと思われますが……つまり輝川は、さる高官のお旗本とお旗本が馴染みにしていた深川の羽織との間に生まれた子らしいのです」

平僧は、言葉のない龍平に頷いた。

「あの子が寺へくるまでの詳しい事情はお話しになりません。慈修さまが深川のどなたかに頼まれ、親の元では暮らせない当時六歳の輝川を哀《あわ》れんで、お引きとりになられたのです。つまり、半ば親代わりに輝川をお育てになった、と言えなくもないのです」

三谷由之助が湯島の女郎に、深川の羽織芸者が岡場所の女郎になった話をした。妙玄寺の寺小姓輝川は深川の羽織芸者の子で、尾嶋健道や三谷由之助と同じ清道館で剣の稽古を積んでいた……

奇妙な糸でつながっている、と龍平は思った。

「旗本のお家の名？　まったくわかりません。ただの芸者の子なら小姓にはしなかった。由緒ある旗本の血筋を継いでおるのだから面倒を見てやらねばならぬと思ったのだ、と慈修さまは仰っておられました。しかし名前だけは仰いませんでした。それは言わぬ約束になっていたようです」

平僧は得々とした風情で言った。

六歳なら俊太郎と同じ年である。その年で親と別れ寺奉公が始まった。

さぞかし寂《さび》しく辛かったろう――龍平の胸は熱くなった。

五

一刻（約二時間）後、龍平と寛一は川幅二十間《けん》（約三六メートル）の本所竪《たて》川二ツ目之橋から三ツ目之橋へ向かう竪川通りを東にとっていた。

堤道に枝を垂れた柳の木陰を選んで歩いても、昼をすぎていっそう燃え盛る日差しが川縁《かわべり》を焼きつくしかねない暑さだった。

龍平も寛一も菅笠《すげがさ》をかぶっている。

外廻りに寒いのも辛いが、炎天下もきつい。

そよとも風は吹かず、野良犬さえもが、はっはっ、と舌を出しよろめきながら横ぎっていく道に通りがかりはまばらだった。

ゆらゆらと陽炎《かげろう》が燃える道の先に、黒羽織らしい人影がゆれていた。

龍平は歩みながら、菅笠の縁を持ちあげ陽炎を見据えた。

「やれやれ、やっと見つかった。寛一、暑かったろう。ちょいと休憩するぞ」

「休憩、そいつぁありがてえ。こう暑くっちゃあ、堪《たま》りません」

暑いのが雨降りよりましと言う寛一でも、今日のこの暑さは辛いらしい。

「けど、どなたが見つかったんです。親父なら深川ですぜ」

「宮三親分に追いつく前に、もうひとつ、用件がある」

陽炎の中の人影が、だんだんはっきりしてきた。

人影は三つあった。

町方同心の黒羽織に、縞《しま》の単衣《ひとえ》を裾端折《すそはしょ》りの手先、そして紺《こん》看板に梵天《ぼんてん》帯の御用箱を担いだ中間《ちゆうげん》である。

三人とも笠をかぶっているが、北御番所定町《じようまち》廻《まわ》り方《かた》同心石塚《いしづか》与志郎《よしろう》の肥満した大柄を左右にゆさぶる歩みは、陽炎のゆらめきの中でもそれとわかる。

息苦しげに肩がゆれて、顔を落としている。

龍平は大股の急ぎ足になった。

「石塚さん」

三人が陽炎から出てきたところで呼びかけた。

「龍平じゃねえか」

石塚は龍平を、日暮ではなく《龍平》と呼ぶ。

龍平が町方同心になってからすぐにである。まるで、龍平が生まれも育ちも八丁堀で、餓鬼《がき》のころから知っているおじさんみたいに分け隔てがない。

その呼び方に石塚の親しみが伝わって、悪くない。

たぶん石塚は、龍平の生まれが旗本だからどうのこうのというわだかまりがないのに違いなかった。

「石塚さんは竪川で訊きこみと見こんで、だいぶ歩き廻りました」

龍平は笑いかけた。

「おれに用かい」

「妙玄寺の慈修の一件で、ちょいとうかがいたいことができましたもので」

「ほお、慈修の……」

「どうです。そこら辺で飯でも食いながら。こっちは昼飯もまだなんで」

「そう言やぁ、おれたちも一刻前に食ったきりで、あれから何も食っていなかったな。道理で腹が減ったはずだ」

石塚は細い目を頰肉《ほおにく》の中に埋めた。

竪川に面した堤道沿いの蕎麦《そば》屋の暖簾《のれん》をくぐった。

昼を廻った八ツ（午後二時頃）が近く、店は空《す》いていた。

川の流れが見おろせる大きな格子窓の開いた座敷にあがると、薪《まき》を積んだ船が川面を滑ってゆくのが見えた。

注文を訊きにきた女にみなが盛《もり》を頼んだ。

石塚は汗を拭き拭き、ひとりで盛を二枚頼んだ。

……それに冷酒《ひやざけ》を三本と、と龍平は女に言った。

「訊きたいことは、なんだい」

日照りの中を歩きづめて渇いた喉を冷酒で潤《うるお》し、みなでふうっとひと息吐《つ》いてから、石塚が抓《つま》みの浅漬を小気味よく鳴らして言った。

「一昨日から、湯島切通しの掛を命ぜられました」

「ああ、おれも龍平がいいんじゃねえかと、お奉行に言ったんだ。春原が薬研堀の一件を抱えて、手いっぱいだとこぼしやがるからよ。しょうがねえよ。てめえの持ち場でたまたま起こったんだからよ」

それで——と龍平は昨日から始めた深川の訊きこみと、神田明神下の清道館の道場主から聞いた谷中妙玄寺へ廻った先ほどまでの経緯を伝えた。

「もう足かけ九年も前の話で、寺小姓が湯島の一件にかかわりがあるとは思えませんし、そんな手がかりもない。ただなんとはなしに、というのが、思いがけず横十間川の一件とつながった。たまたま、本当に偶然そうだった、と言えばそれだけのことなのです」

龍平は石塚のぐい呑みに酌をした。

「けど、二つの別々の仏さんが、どちらもひとりの寺小姓とつながりがある。しかもその寺小姓は、戯《ざ》れ言《ごと》かもしれなかった深川の羽織とも、かかわりがあったのですよ。石塚さん、臭いませんか」

石塚はぐい呑みを空け、自分で酌をした。そして、

「なるほど。大いに臭うな、そりゃあ」

と、持ちあげたぐい呑みを見つめ、応《こた》えた。

慈修の斬殺体が竪川の四ツ目之橋の先で交わる横十間川の、旅所橋《たびしょ》と天神橋《てんじん》の半ばの水縁《みずべり》に浮かんでいたのは、四月下旬の夜明けだった。

亀戸村の野菜を神田の青物市場へ運ぶ川船の船頭《せんどう》が見つけ、最初はまだ薄暗い水縁の水草に引っかかって、大きな黒い亀の甲羅《こうら》がゆれているみたいに見えた、と言った。

慈修は背丈は人並だが、肥満して丸い大きな身体が亀の甲羅に見えた。

船を近づけると、それは亀の甲羅ではなく、絽《ろ》の薄鼠《うすねず》の羽織をまとったふくれた腹とわかった。船頭は仰天した。

あたりは清水《しみず》町から百姓地にかかる横十間川の東堤で、船頭は清水町の番所に届けた。

検視《けんし》によれば、懐《ふところ》に財布は残っていて、物盗り強盗の類ではなかった。骸《むくろ》は喉首を正面からほぼ真横に薙《な》ぐように抉《えぐ》られ、そのひと太刀だけで、おそらく声も出せず横十間川へ落ち落命したと思われた。

「骸の疵《きず》を見る限り、手をくだしたのは相当腕のたつ侍だ。月明かりもおぼろな闇の中、正面から一刀であそこまで深く斬りこめるのは、慈修が油断していたのは言うまでもねえが、それにもまして、尋常じゃねえ俊敏な相手。鍛錬に鍛錬を重ねた侍としか考えられねえ」

と、石塚は真剣な眼差《まなざ》しで空のぐい呑みを差し出した。

斬られたのは四ツ（午後十時頃）から骸が見つかる夜明け前までの間だった。

その夜、慈修がどんな用件でどこへ向かったのか、寺の者は誰も聞かされていなかった。

日暮れ前、慈修は妙玄寺を供も連れずひとりで出た。

慈修にはよくあるお忍びの夜行だったので、みな怪しまなかった。

池之端《いけのはた》の料理茶屋で酒と料理をゆっくり楽しんでから、五ツ（午後八時頃）すぎに茶屋を出て昌平橋へ向かった。

料理茶屋の若い衆が提灯を持って昌平橋まで見送った。

五ツ半ごろに昌平橋の河岸場で猪牙を雇い、神田川を下って大川を越え竪川を東にとって、横十間川と交わる河岸場にあがったのがほぼ四ツに近い刻限だった。猪牙の船頭には、

「どれくらいときがかかるかわからない。戻っていい」

と言い、船頭が慈修と言葉を交わしたそれが最後だった。

つまり間違いなく、そこらあたりで誰かと会う段どりになっていた。

「いったい誰と会っていた。侍だとしたら、そんな刻限に会うのは浪人者か、あるいはあのあたりは大名の下屋敷《しもやしき》が多いから、大名の勤番《きんばん》侍か」

石塚は四月のその日から今日まで、竪川か横十間川沿い近辺に居住している慈修とかかわりのある侍を探すとともに、当夜の旅所橋から天神橋方面で不審な者が見られていないか、訊きこみを続けてきた。

「旅所橋あたりは夜更けになると夜鷹も徘徊《はいかい》するが、侍らしき姿を見分けた者は

いねえ。とにかく、残念ながら今のところは手がかりがまったくつかめていねえんだよ」

そう言って石塚は屈託なく笑った。

「そんなに探って手がかりがないのであれば、会っていたのは侍ではないのかもしれませんね」

龍平が言うと、ふんふんと頷き、

「それも考えた」

と、浅漬をぱりっとかじった。

「侍と決めてかからず、誰かと会っていたことだけは確かだ。ひとりかもしれねえ。複数かもしれねえ。ともかくそいつは、慈修に油断させる誰かだったと思われる」

そしてほかに客はいないのに周囲を見廻し、声をひそめた。

「大きな声じゃ言えねえが、妙の字はよ、とんでもねえ破の字だった」

石塚はいきなり、妙の字は妙玄寺の僧慈修、破の字は破戒僧を意味するわかり辛い符牒《ふちょう》を使い始めた。

「妙の字はな、特に陰間《かげま》には目がなかったってえ評判の、江戸中のその手の茶屋では知られた破の字だったのさ。当然、あちこちの茶屋の常連だった。むろんそういう色に溺《おぼ》れた破の字だから、女郎ともやる。けど北はいかねえ。妙の字が狙うのはみんな場末の女郎か、夜鷹だった」

なぜだと思う——と言ったとき、やっと盛が運ばれてきた。

石塚は一枚目の盛の半分以上をほぼひと口ですすると、冷酒を盛んにあおり飲みこんだ。

「それはな、妙の字が女を嬲《なぶ》ったり痛めつけたりして、そういうのが堪らないってえ破の字なんだよ。だからわざわざ江戸の場末まで足を運ぶのさ。腹のまん丸な男で、赤ら顔をてかてか光らせた目だつ坊主だったそうだが、場末ならそういう風貌も知られていねえし」

そう言って石塚はむちむちした人差し指を、得意げにかざして見せた。

みな盛をずっずっとすすりながら、石塚から目を離さない。

「しかも寺では、常に小姓役の恋童を二、三人は侍《はべ》らせてまめに寵愛していたっていうから、妙の字は色呆《いろぼ》けの化物だ。調べれば調べるほど出るわ出るわ。まったく呆れたぜ」

と言う間に石塚は早くも盛の一枚目を食い終わり、二枚目にとりかかった。

「そんな妙の字だから、陰間とか女のひとりや二人に恨みを買っていたとしても不思議じゃねえ。坊主の女犯《にょぼん》は法度《はっと》だから、それを口実に強請《ゆす》られていたってことも考えられる。早い話が、色と金がもつれた挙句《あげく》に命を狙われたってえわけさ」

石塚は勢いよく盛をすすっていく。

「昔、妙の字の小姓だった若衆が侍になって出世の糸口をつかんだ。その侍が知る人ぞ知る破の字と悪評高い妙の字の、小姓奉公で寵愛を受けた素性を消すため、妙の字を誘い出して斬った」

と、龍平が石塚の符牒を真似て言ったので、隣の寛一が噴いた。

「あり得る。油断していたってえのは、昔のことが忘れられねえそういう特別な相手だったのかもしれねえしな」

石塚は二枚目の盛を平らげた。

「面白い、龍平。よし、念のため輝川の周辺を調べてみよう。何もなくて元々、手がかりがあればめっけものだ」

姐《ねえ》さん――石塚は太い腕をふって調理場の女を呼んだ。

「盛をもう一枚だ。それと酒をもう一本」

それから寛一へ目を移し、

「ははは……こう暑くっちゃ食欲がねえから、これぐらいにしておこう」

と言って、まだ一枚目の盛にとり組んでいる寛一を啞然とさせた。

六

深川の宮三らに追いつき、尾嶋と三谷の深川での足取りをつかむ訊きこみに夕暮れまで費やした。

二日目も成果はなく、日本橋《にほんばし》南の京風小料理屋《桔梗《ききょう》》で一日の宮三らの慰労をかね、明日は仙台堀《せんだいぼり》沿いまで訊きこみの町地を広げる手だてを決めて、亀島町の組屋敷へ戻ったときは夜の五ツ半をすぎていた。

藍染浴衣《あいぞめゆかた》の麻奈が、台所の流し場で大根を洗っていた。

表土間続きの台所の土間へ入った龍平に、

「お帰りなさいまし」

と、艶やかに笑いかけた。

「ただ今」

酒が入ると腰の二本が煩《わずら》わしく、板敷にあがって二本をがちゃりと置いた。

冷たい板敷に両足を投げ出し両手を後ろについて上体を支え、ふう、と天井へ息を吐くと一日の屈託が解けてゆく。

「どうぞ」

麻奈の白い手が、冷えた麦茶を汲《く》んだ湯呑を置いた。

「ありがとう」

口の中に心地よい冷たさと香ばしい匂いがこもった。

麻奈は流し場に戻り、また大根を洗った。

「それは浅漬にするのかい」

龍平はのどかに訊いた。

「はい。早生《わせ》の大根が手に入りましたので」

行灯の薄明かりが、麻奈の白く長い首筋がわずかに傾ぐさまをやわらかく照らしている。

「葉は菜漬に、根を浅漬にします」

「浅漬の味を考えると唾が出る」

龍平が言うと、麻奈が薄明かりの中に白い横顔を浮かべて笑った。

麻奈はじっとしていない。いつも何か家の中の仕事を見つけて、身体を動かしている。八丁堀生まれの八丁堀育ち。さらさらした気質の、ちょっと男勝りの働き者である。

麻奈が考え事をするのは、家人の物の裁縫をしている間だ。

亀島小町と呼ばれる器量よしに育ち、娘ながらに私塾に通うほどの学問好きで、しかも並の男よりも背が高かったため、亀島小町は身分が低いのに頭《ず》が高い、とからかわれた。

龍平とは、むろん口も利いたことはなかったけれど、浜町《はま》の儒者《じゆしや》佐藤満斎《さとうまんさい》先生の私塾に学んだ同い年である。

けれども十数年がたって、麻奈は龍平の普通の妻になった。

俊太郎と菜実を産んで、普通の母になった。

これでよかったのかな、と龍平はとき折り思うことがある。

こんな夜もそうだ。

「もうみな、寝たろうな」

龍平は麻奈の背中に声をかけた。

「ええ、とうに……」

応えた麻奈の背中が、ちょっと儚げだった。

そのとき台所の板敷と廊下を仕きる障子戸が、ことり、と開いた。

俊太郎が戸の隙間から、笑顔をのぞかせた。

「おや、俊太郎、まだ起きていたか」

麻奈がふりかえり、

「あら、俊太郎。今ごろ、どうしたの」

と、母親らしい咎め口調になった。

「……ふふ、なぜか目が冴《さ》えて」

俊太郎は照れ笑いを作り、大人びた言い方をした。

そうして板敷に入り後ろ手に障子を閉め、龍平の側へ軽々と座った。

紺縞の裾の短い寝間着が可愛らしい。

「そうか。何か考え事をしていて眠れないのだな」

「はい。今夜は友のことを考えておりました。友とはどういうものかと」

ませたことを言う。

龍平は感心して、ふうん、友とは、と頷いた。

まあ——麻奈が呆れて洗い物に戻った。

「今日夕刻、勤め帰りの司馬さんとお会いしました。昨日の夜、父上と楽しいときをすごせたことを、とても喜んでおられました」

「ふむ。司馬さんはいい人だった。俊太郎のことを褒めてくださった」

「それで……」

俊太郎が流し場の母をちらと見て、

「父上は司馬さんの介錯を、ご覧になったそうですね」

と、ささやき声になった。

「見たよ。牢屋敷で切腹の検使役を命ぜられたのだ」

龍平はささやき声でかえし、微笑んだ。

「父上がいらっしゃったので、とても気が張ったと仰っていました」

「司馬さんは立派に役目を果たされた。介錯役は誰かがやらねばならない。武士の最期を見苦しくなくするため、手伝いをする重要な務めなのだからな。しかし俊太郎、介錯のことをあまり根掘り葉掘り訊くのはよくないぞ。司馬さんの気持ちを考えることが大事だ」

「いえ。司馬さんがお話しになるのです。司馬さんは寂しいお方で、友達がいらっしゃらないのです。ですからわたしが、聞いて差しあげるのです」

「そうか……」

龍平は小さく頷いた。昨夜の司馬が醸《かも》していた気性を思えば、友と語らい鬱屈《うっくつ》を晴らすということは少ないかもしれない。

「気軽に誰にでもお話しかけになれば、とお教えしたのですが、司馬さんは生真《きま》面目《じめ》な方で、そういうことが苦手らしいのです」

「司馬さんには親しい友達、幼馴染もいないのかい」

「おひとり、本所のどこかに子供のころの友達がいらっしゃるそうです。その友達は今でもときどき訪ねられるそうです」

本所……と龍平は深くも考えず繰りかえした。しかし、

「その友達は、元お相撲とりなんですって。回向院《えこういん》の興行でも何度か土俵にあがったこともある、天を突く大男なんだそうです。見た目は恐いけれど気の優しい面白い人だから、今度一緒に遊びにいきましょうと、約束しました」

俊太郎は嬉しそうに笑っていた。

だが龍平は、思わず笑みを消していた。少しの間考え、それから、

「相撲とりの、友か」

と、呟いた。

ふと麻奈を見ると、気がかりな表情を俊太郎へ投げていた。

同じ日の夜更け、本所横十間川の旅所橋の橋下。川縁の水草がだるそうな川の流れにゆらめいていた。

蛙《かえる》が騒がしく鳴き、犬の遠吠《とおぼ》えが漆黒の夜空の彼方《かなた》より寂しく聞こえた。

魚の水面を跳ねる、ぴちゃり、という音が賑やかな蛙の鳴き声に交じった。

夜が更けて暑さはだいぶやわらいだけれど、川縁の湿り気が橋の下のあたりに澱《よど》んでいた。

不意に、川縁の蘆《あし》がさわさわとそよいだ。

ぷうん、と蚊《か》が蘆のそよぎ周りに細い音をたてていた。

暗い蘆の間から、人影が気だるげに上体を起こした。

蛙の鳴き声が止み、妖しげな静寂が暗がりの様子をうかがった。

人影は重たく艶めいた溜息を吐いた。

その人影の後ろから、もうひとつの人影が寄り添うように起きあがった。

後ろの人影は前の人影を抱くように、無骨な太い腕を廻した。

くっ、くっ、と笑い声がこぼれた。

前の影はその腕をゆっくりと払いのけ、はだけた肩に黒羽二重をものうげに羽織った。

蚊が、ぷうん、と飛んでいる。

「くっくっ……おぬし、よかったか」

後ろの影がささやきかけた。

ささやいたのは、横十間川沿いにあるどこぞの大名の下屋敷に務める勤番侍だった。

「なんなら、もう一度どうじゃ。極楽を味わわせてやるぞ、くっくっ……」

すると、

「二十八文だよ。金を払いな」

前の影が、気だるげに、そしてぞんざいに言った。

「わかっておる。払ってやるよ、くっくっ……」

蚊が飛んでいた。

前の影が細い腕を、すっと虚空に舞わせて、蚊の羽音が途ぎれた。

手を払い、つかまえた蚊を蘆の先へ捨てた。

「払いな」

前の影が低い声で、また言った。

蛙が一斉《いっせい》に橋の下の川縁で鳴き始めた。

第三話　読売屋孫兵衛《よみうりやまごべえ》

一

翌朝、粛々《しゆくしゆく》と雨が降った。

昨日の炎天は薄墨《うすずみ》色の雲に覆《おお》われ、いやに蒸《む》し暑い一日が始まっていた。

小名木《おなぎ》川北堤、紀伊《きい》家と井上《いのうえ》家の下屋敷《しもやしき》の境から竪川は松井《まつい》町へ通う幅六間《けん》（約一〇・八メートル）の六間堀に架《か》かる猿子《さるこ》橋。

猿子橋から通りを西へ新大橋《しんおお》まで二町《ちよう》（約二一八メートル）ばかり、北側の救《きゆう》荒米《こうまい》備蓄の御籾蔵《おもみぐら》と道を挟んで深川六間堀町と深川元町がある。

その深川六間堀町と深川元町の境、横町をはずれた路地の一隅に読売屋孫兵衛《よみうりやまごべえ》の裏店《うらだな》が、軒庇《のきひさし》からそぼ降る雨の雫《しずく》をどぶ板に落としていた。

読売は一本箸《ばし》で飯を喰ひ……の読売屋は、竹箸のような細い字突きで左手のいかがわしい瓦版《かわらばん》を、ぽんと叩《たた》いて唄《うた》いながら売り歩く。

置手拭に流行《はや》りの着物、三尺帯の小綺麗な拵《こしら》え。売り歩くのは夜分のため襟《えり》に小さな提灯《ちょうちん》を差し、たいていは二人、三味線《しゃみせん》がつけば三人連れである。瓦版はたいがい、駿河《するが》半紙か鼠《ねず》半紙の半截《はんせつ》に刷《す》って、ひとりは流行り唄の節をつけ、ひとりは、

これはこのたびどこそこでありました世にも珍しい珍談でございます……

と大声で呼び歩いて、「なんとか町のかみさんは間男を幾人いたしました」だの、「どこそこ町の娘は下性《げしょう》が悪くって寝小便をする」だの、と当人や家の者に迷惑千万な話を並べたてる。

値段は、二枚物から八枚物、中には錦絵表紙つきの糸で綴《と》じたり耳を糊《のり》でつけた本まであって、四文から十六文で売る。

並べたてた話で誰が困ろうが出鱈目《でたらめ》だろうが、そんなことはかまやあしない。大声で売り歩き、売れてなんぼの生業《なりわい》。

売れなければ当人が住んでいる町を流し、裕福な家が困って町の出入り口でそれをみな買ってしまうように仕向ければいいのである。

読売屋孫兵衛は、そういう瓦版売りだった。

昔は孫兵衛自身が瓦版を売り歩いたが、今では狭い裏店でも様子のいい男らを何人か抱え、それなりの稼ぎも出す一端《いっぱし》の読売屋主人に収まっていた。

その雨の朝、菅笠《すげがさ》をかぶって柿渋《かきしぶ》を引いた紙合羽《かみがっぱ》に、裾端折《すそはしょ》りの三人の男が孫兵衛の裏店のどぶ板を鳴らした。

瓦版用の半紙を山積みした店の板敷に小腰をかがめ、

「へえ。どちらさんで」

と、膝をついて薄い唇を歪めた孫兵衛に、前土間で菅笠と紙合羽をとった町方同心日暮龍平が会釈《えしやく》を投げた。

龍平の後ろには、梅宮の宮三と寛一が雨具をとって従っていた。

店の間や続きの部屋では、使用人らがざわざわと二、三人ずつ固まって仕事をやっているふうである。

「孫兵衛さんだね。北町の日暮龍平です」

町方とわかって、孫兵衛の少々尊大な素ぶりが改まり、肩をすぼめて満面の愛《あい》想《そ》笑いになった。

「これはこれはお役人さま、お役目、ご苦労さまでございやす」

手もみする孫兵衛に、お上がどうしたい、二本差しがなんでえ、金持ちがなんぼのもんでえ、という気概はまったくなかった。

権力を握る者、強い者にはひたすら下手《したて》に出、へつらい、相手が弱いと知れば、あることないことねたにして扇ぎたて、瓦版の売れゆきを伸ばす。

それが読売屋孫兵衛の稼業だった。

昨夜遅く、梅宮の宮三に手の者から、深川六間堀町の読売屋孫兵衛が深川界隈の裏話に精通している評判が伝えられた。

「なんでもひと昔前、深川岡場所の女郎の細見《さいけん》を売り出す狙いで、あの女郎はお武家のお内儀《ないぎ》だ、あそこの女郎は旗本《はたもと》の娘が身売りしただとか、羽織の売れっ子が今はなんとか屋の部屋持ちだとかを、かなり詳しく調べあげたねたをつかんでいるそうでやす」

と、手の者が言った。

尾嶋、三谷が深川にどういうかかわりを持っていたのか、二人の足どりを追うだけでなく、岡場所の女郎になった羽織の中に、二人の思惑を明かす誰かが見つかるかもしれなかった。

それに、妙玄寺寺小姓輝川につながる糸口がつかめれば……

「宮三親分、寛一、いくぞ」

龍平ら三人は雨の新大橋を渡り、深川六間堀町へ急いだ。

孫兵衛は暗い台所の板敷へ導き、

「表の方は散らかってやすので」

と言いわけして、台所の端女《はしため》に茶の用意を命じた。

障子戸の開いた土間の背戸から、湿気《しけ》た生ぬるい風がわずかに流れこんだ。

背戸の外で木犀《もくせい》の枝葉が雨にゆれていた。

孫兵衛は煙管《キセル》をかざして細かにゆらし、何度か首をひねって思い出そうとする仕種《しぐさ》を作った。

やがて孫兵衛は、煙草盆《たばこぼん》の刻《きざ》みを煙管に詰《つ》めつつ言い始めた。

「読売屋はあることないこと嘘《うそ》八百を並べたてているみたいに言われておりやすが、決してそうじゃねえ。世間に本当のことは三つありやす。てめえの知りてえこと、てめえの知りたくねえこと、てめえにどうでもいいこと、の三つだ。あっしら、本当のことの中から世間が知りてえことだけを選んで、お知らせしているだけなんでさあ」

孫兵衛は世間の何かを嘲笑《あざわら》うような笑みを見せた。

「どうでもいい、知りたくもねえ本当のことなんて、面白くもなんともありゃあしやせん。世の中、てめえに都合のいい、知りてえことだけを知ってりゃあそれでいいんでさあ。だから読売も売れる。ふふふ……」

火種に煙管をつけて、すぱ、すぱ、と吸った。

「そいつぁ、門前町の《坂本《さかもと》》という置屋にいた羽織のことでやしょう。名前は、伝吉でやす」

そう言って、ひと吹きした煙を薄暗い天井へ燻《くゆ》らせた。

「かれこれ三十数年、になりやしょうか。あっしが駆け出しの読売屋だったころ、坂本の伝吉は門前町ではすでに一、二を争う評判の羽織でやした。年はまだ十代の半ばをすぎたころの初々しい娘で、男好きのする丸顔に肌理《きめ》も艶やかに、ぱっちり見開いた黒目勝ちの大きな目で見つめられると、ぞくぞくっと堪《たま》らなくなるいい女でやした」

孫兵衛は腕を組み、煙管を、ぷふう……ともうひと吹きした。

「それに肌を合わせたあのふくよかな身体《からだ》がよかった。男の懐にくるまれるとしっとり溶けるように絡《から》みついて、いい声で泣きやしてね。その乱れようのあられもなさが、遊び人の兄《あに》さん方も舌を巻く変貌振りだった」

それから、脂《やに》のこびりついた灰吹きに煙管の吸殻《すいがら》を落とした。

「はは……と、知ったふうな口を利きやしたが、これは全部他人からの受け売りでやす。駆け出しの読売屋の若造に、界隈で評判の羽織と遊ぶ金なんぞありゃあしやせん。坂本の伝吉がどれほどいい女だったか、本当のところは知っちゃあおりやせん」

「伝吉の生まれはどこだ」

そう訊くと、

「本人は日本橋の昔は羽ぶりのよかった町家の生まれだと言っておったようでやすが、どうも怪しい。生まれはどこかは明かさず、千住《せんじゅ》の先の百姓娘という噂《うわさ》もありやした」

まあそれはそれとして——と孫兵衛は煙管に新しい刻みを詰めた。

「あっしら読売屋は、親方からいいねたを拾ってこいと催促されて、ねたに困ったときは、評判の羽織に新しい馴染《なじ》みができて前の馴染みと、もめ事になっているという話をでっちあげ、親方にどやされずにすんだってえこともありやしてね。要するに坂本の伝吉は、そんなふうに扱われるくらい評判の羽織だったんでやす」

ていた。

孫兵衛は、今度は煙草盆を持ちあげ、火種に煙管を近づけ吹かした。

煙管を吹かす音と降りしきる雨の音が、台所のほの暗さと気だるく交じりあっていた。

しかし、伝吉の人気もそう長くは続かなかった。

若い娘も年を重ね、二十歳をすぎれば年増になる。

人気のあるうちにいい旦那を馴染みに持ち、落ち目になったら落籍《ひか》されて、とそろそろ考え始めたころ、二十代半ばの筋目正しき日本橋の旗本が、伝吉の馴染みになった。

何がよかったのか伝吉も若い旗本に夢中になり、旗本以外の馴染みを袖《そで》にして、いずれはと思っていたところにその子を孕《はら》んだ。

旗本には正妻がおり、すでに子もなしていた。

たとえ妻妾《さいしょう》に迎えるにしても由緒ある家柄、それなりの身分でなければ、と考えたかどうか事情は定かではない。

ただ、馴染みにはなっても羽織ごとき卑《いや》しき者の子が由緒あるわが家門に列《つら》なるのと話は別だ、という存念が旗本にはあったらしい。

伝吉と旗本は、坂本の主人が間にたって、それなりの手ぎれ金が用意され、以後、伝吉も生まれてくる子も旗本とは一切《いっさい》かかわりを持たぬという約束をとり交わして縁がきれた。

伝吉にしてみれば意地があった、のかもしれない。

旗本がなんだい。辰巳の芸者を舐めるんじゃないよ。そんな男はこっちからお断りさ。子供はあたしがちゃんと育てて見せらあ、と。

二十二歳になったその年、伝吉は玉のような男の子を産んだ。

伝吉は子供を紀一《きいち》と名づけた。

それは辰巳の羽織芸者伝吉の、新しい門出《かどで》になるはずだった。

伝吉は坂本の主人の許しを得て門前町の借家住まいを始め、乳母《うば》を雇って紀一の世話を頼み、芸者勤めに戻った。

けれども、世間の風は伝吉の思惑どおりには吹かなかった。

旗本に入れ揚《あ》げていた間、袖にした以前の馴染みが戻るはずはなく、子を産んだ年増芸者の評判に陰りが差すのに長いときはかからなかった。

深川の一、二を争う人気芸者だった気位があって、こんなものではという思いとは裏腹に、伝吉は次第に落ち目になった。

今に人気を盛りかえし、と意地はあってもそうは問屋が卸さない。

声がかかればどんなお座敷にも出て、客を選んではいられなくなる。

一方、産んだ子の母親の心がまえは簡単には芽生《めば》えず、お腹を痛めた可愛《かわい》いわが子のはずが、紀一のいることがだんだん疎《うと》ましくなってくる。

一年、二年とたつうちに、伝吉は紀一の世話を乳母に押しつけたまま、性質《たち》の悪い男らとの出入りが頻繁《ひんぱん》になり、暮らしぶりが荒《すさ》み、それがいっそう芸者伝吉の落ち目を加速するあり様であった。

紀一が四歳になったころからは、乳母を雇うのを止めほったらかしにした。

何日か置きに数十文の銭《ぜに》を渡し、

「腹が減ったら、これで饅頭《まんじゆう》を買って食いな」

と、芸者勤めに出かけるのだった。

それで二日三日と客の男と遊び歩き、家を空けたままのときもあった。

その間、幼い紀一がどのように命をつないでいたのか伝吉は知らなかったし、荒んだ日々に耽溺《たんでき》し、子供のことなど邪魔なだけでどうでもよかった。

それでも、生まれてから父親を知らず母親には疎まれ邪険に扱われても、紀一は生き残った。

親はなくとも子は育ったのである。

紀一が六歳になったとき、伝吉に妾《めかけ》奉公の話がきた。

相手は深川の材木屋の隠居だった。

もう二十八、伝吉は芸者勤めの退《ひ》きごろだと思った。

紀一が生まれる前に縁がきれた旗本の手ぎれ金はとうに使い果たし、年季奉公で坂本にかえしたはずの借金が、いつの間にか新たにふくらんでいた。

それを全部綺麗《きれい》にしてくれ、洲崎《すさき》あたりに新しい家も構えてやろう、下女もつけてやるという、願ってもない話だった。

ただひとつ、妨《さまた》げが紀一であった。隠居は、

「もう六歳の餓鬼だ。どこぞの職人のところへでも徒弟《とてい》に出せばいいのさ」

と、言った。

これまでもいろいろ相談に乗ってくれた坂本の旦那に話すと、出てきたのが谷中のある寺の僧に奉公する寺小姓の話だった。

「ある筋からきた話なんだけどね。紀一はあれでも旗本の血筋だ」

と坂本の旦那は言った。

少し年端はいかないが、紀一の可愛らしさを相手は気に入っている。ちゃんと

奉公さえすれば、勉学もできるし、ゆく末も約束される。本人が望めば侍の身分を手にすることも夢ではない……

そんな話だった。

伝吉は、寺小姓になるとはどういうことか、知りもしなかった。

紀一が妾奉公の邪魔にさえならなければ、それでよかった。

「おまえは明日からお寺で暮らすんだよ。偉いお坊さまの言うことをちゃんと聞いて、いい子にして暮らすんだよ」

伝吉はぼうっと聞いている六歳の紀一にそう言った。

ある日、子供は坂本の旦那に連れられていった。

それが子供との別れだった。

子供は母親の伝吉を一度もふりかえらず深川を去った、と後に坂本の旦那が人に言った噂を孫兵衛は聞いたことがある。

二

背戸の向こうで、木扉が雨にゆれていた。

薄暗い台所の湿気が、龍平の首筋にまとわりついて離れない。

「なんにせよ、坂本の旦那と伝吉は、あれで妙に口が堅くて……」

と、孫兵衛が言った。

「懇《ねんご》ろになった旗本が、両国か浜町かに屋敷をかまえる相当の身分という以外なんの誰兵衛か、倅《せがれ》が谷中のどこの寺小姓になったのか、どっちもわからずじまいで、そのうちに伝吉の評判も倅の噂も消えちまったってえことでさあ」

早い話が、瓦版にとりあげる値打ちのない、面白くもなんともない本当の話だった。

「あっしが知る限りのことを申しあげやすと、その後伝吉は、妾奉公先の旦那の材木商が傾いて、暇《いとま》を出されやした。今さら芸者稼業に戻れず、途端に食いつめて、門前町の料理茶屋で仲居をしばらくやったが、それも長続きしなかった。挙《あげ》句《く》が大島《おおしま》川の大新地《だいしんち》の女になったってえわけでさあ」

「岡場所の、女郎になったのだな」

孫兵衛は頷いた。

「大新地から始まって、土橋《どばし》、入船《いりふね》、網打場《あみうちば》、と数ヵ月から数年置きに深川の岡場所を転々としやしてね。最後は、裏櫓《うらやぐら》の岡場所からもはずれた煮売屋の屋根裏部屋で客をとっていたそうでやす。そのとき伝吉は、伝吉じゃなくてお伝という名だった。本名か通り名か、そいつぁ知りやせんが」

「煮売屋の名は」

「《高島《たかしま》》という煮売屋でやす。裏櫓から猪口《いのくち》橋の方へ堤道をちょいといった油堀沿いにあるしけた店でさあ。高島の屋根裏部屋で稼いでいたときは、お伝の年はもう四十を超えていたと思いやす」

「四十を超えて、か」

「二十年や三十年なんて、人間、あっと言う間でさあ」

孫兵衛は知ったふうに言った。

「若《わけ》えころは辰巳の羽織の一、二を争うと評判だった伝吉が、四十をすぎた婆さんになって、しけた煮売屋の屋根裏部屋で客をとっている姿を思い描いただけでもぞっとしやすねえ。けどそれは、この世の中のまぎれもねえ実事《じつじ》だ。転落の道を転げ始めたら、誰にも止められねえ」

何を知ったふうなと思いつつ、龍平の胸は詰まった。

「お伝は屋根裏部屋ではいつも黒羽二重を着ていたそうで。それも垢染《あか》みた袖口の擦り切れた黒羽二重をでやす。これでもあたしは上等な女なんだよ、とでも言いたげにね。ちょいと頭が変になりかけていたのかもしれやせん。それがみじめと言うか哀れと言うか、ついた渾名《あだな》が、黒羽二重のお伝、でやす」

　黒羽二重のお伝……

　龍平の中に、言葉にならないもやもやとした思いが燻《くすぶ》った。

「お伝は高島で身体を壊しやしてね。若えころから身体を酷使したつけが廻ってきたんでやしょう。高島にもいられなくなって、そっからさきはいっとき夜鷹をやっていたとも、縁者を頼って郷里へ戻ったとも噂を聞きやしたが」

「今は、郷里にいるのか。郷里が千住の先とは？」

「確かなことは、わかりやせん。おそらく、日本橋のどっかの町家というのは嘘でやしょう。高島の亭主に訊《き》けばわかるかもしれやせん。今も無事に生きていりゃあ、四十、七か八になりやす」

「門前町の坂本の亭主は息災なのか」

「坂本はもう十年ほど前、置屋を閉じやした。坂本の亭主は伝吉の相談相手になって何もかも承知していたでしょうに、伝吉の秘密は秘密のまま冥土《めいど》へ持っていっちまいやした。亭主が亡くなったのを機に、倅は住まいも置屋の仲間株も人に譲って、今は大島町で《菖蒲《あやめ》》という小料理屋を営《いとな》んでおりやす」

後ろの宮三が、「ああ……」と小さな声をもらした。

龍平がふりかえり、目を合わせると合点がいったふうに頷いた。

宮三は、昨日一昨日、と深川の訊きこみに廻って坂本という置屋の名が出ていなかったわけに合点がいったのだろう。

「もしかしたら、倅が親父さんからなんぞ聞いているかもしれやせんがね」

孫兵衛は短い間を置いて言った。そして、

「それから、これはお訊《たず》ねとかかわりがねえと思いやすが……」

と、何度目かの煙管を煤《すす》けた低い天井に吹かした。

「じつは夜鷹の間に、一年かそこらばかし前より竪川筋にえれえ器量よしの夜鷹が出るという評判がありやしてね。あっしら読売屋も知らず、夜鷹らにだけ伝わっていた噂らしいんで」

竪川筋は夜鷹の多く出没する場所である。

川筋では夜更《よふ》けともなると、刃物三昧《ざんまい》の物騒な出来事も多い。

「と言うのも、その夜鷹はあそこら辺の元締めの指図も受けねえまま、勝手に客を引いておりやしてね。今に元締めに痛い目に遭《あ》わされるよ、と夜鷹らの間では言われながら、どういうわけか今もって客を引いている」

川筋には川筋を差配する元締めがいて、元締めの許しがなければ、住むのも稼ぎをするのもできない。

竪川筋の元締めは吉田町にいる。

夜鷹といえど、好き勝手に客は引けないのである。

「何晩も続けて竪川筋を徘徊しているときもあれば、ぷっつりと姿を見せねえときもある。そこら辺の夜鷹とはいっさい交わらねえし、口も利かねえ。器量が違う以上に、様子から受けるものが普通じゃねえ。でやしてね、あれはもしかしてお武家じゃねえか、とも言われておりやす」

孫兵衛は火の消えた煙管を弄《もてあそ》んで、龍平を上目遣いに見た。

龍平はぬるくなった茶を口に含んだ。

「その夜鷹が、黒羽二重のお伝という渾名で呼ばれておりやす」

「黒羽二重のお伝……」

茶碗の手を止めた。

「そう。たまたま同じ呼び名になったのか、伝吉と何やらいわく因縁があるのか、そいつぁ知りやせん。お役人さまが見えるまで、あっしも気にかけちゃあおりやせんでした。高島のお伝と同じだな、という程度にしか」

孫兵衛は煙管に刻みを詰め、火を点《つ》けた。

「やっぱり、その夜鷹も黒羽二重に拵えておりやしてね、見たことがねえのに何度も言いやすが、とにかくぞっとするほどの器量よしときた。しかもその夜鷹には仲間がついている。夜鷹を守るように必ず後ろについて廻る、それがなんと、天を突く大男の相撲とりだそうでやす」

それから、何かを思い出したみたいに口元を歪め、

「それと、黒羽二重のお伝は女ではなく男娼、つまり陰間らしいという噂を聞いたこともありやす。真偽のほどはわかりやせんが」

と言い足した。

龍平は黙って茶碗を置いた。そして、降りしきる雨の音を聞いた。


雨は止まなかった。

深川六間堀町から油堀の煮売屋高島まで、小名木川、仙台堀、そして油堀を越えた。

ぬかるんだ道に、三人の足元は泥まみれになった。

油堀の水面は、降りしきる雨の音をさわさわとたてた。

堤道に人通りはなく、堀端の柳が寂《さび》しく枝を濡《ぬ》らしていた。

「なるほど。こういうところにも、女がいるんですね」

裏櫓の岡場所からはずれ、雨にけむる堀端にくすんだ佇《たたず》まいを見せる煮売屋高島の表障子戸の前に立ち、宮三が言った。

「四十をすぎた伝吉は、どういう気持ちだったのだろうな」

龍平の脳裡《のうり》を、垢染みて袖口が擦りきれ着古した黒羽二重の姿がかすめた。

「ごめんよ」

寛一が表戸の腰高障子を開けた。

煮売屋高島の亭主は、四十代半ばの小太りの男だった。

昼から店を開く仕こみの最中だった。

「どうぞ」と部屋へ案内するのを遠慮し、店土間の床几《しょうぎ》にかけた。

「ご亭主、咎《とが》めにきたのではないのだ」

龍平は、努めて冷静に言った。

私娼は表向き違法である。

亭主は肩をすぼめて龍平の前で小腰をかがめ、宮三と寛一が亭主の両側に立っていた。

龍平が、元羽織芸者伝吉の行方《いきかた》を探っているという用件を言うと、「畏《おそ》れながら……」と重い口を少しずつ開いた。

「四十をひとつ二つすぎた年ごろでしたろうか。これまでの暮らしの垢が染みついて肌は荒れ、寄る年波は隠せないみすぼらしい見た目でしたが、それでも白粉《おしろい》をこってりと塗って紅を差せば大年増好みには受けのいい、さすがは昔、羽織で鳴らした女と感心いたしたのを覚えておりやす」

土間から履物を脱いで二階にあがる梯子《はしご》があった。

「屋根裏部屋へは、ここからあがるのだな」

亭主は「へえ」と肩をいっそうすぼめて頭《こうべ》を垂《た》れた。

「見せてもらうよ」

龍平は女と遊ぶ客のように、狭い梯子を軋《きし》ませた。

梯子の途中から顔だけを出し、屋根裏部屋を見た。

そこは部屋と言うより、畳二枚ほどの広さの屋根裏と天井の隙間《すきま》だった。

何かの吐き出し口のような小さな窓から外の薄い明かりがわずかに差し、隅《すみ》に薄い布団《ふとん》が重ねてあった。

有明行灯《ありあけあんどん》が傍らに置いてある。

亭主が下から「お客さんだよ」と声をかけ、客は亭主に下足代を渡して梯子を軋ませのぼっていく。

梯子をのぼった客は、屋根裏部屋に有明行灯が灯り、敷きっぱなしの布団に横たわっている女を見る。

頭が屋根裏に支《つか》えないように這《は》っていき、女に七十文か八十文の金を払う。

有明行灯が消され、客はそれをすませる。

亭主は女に、布団の賃料や行灯の油代、ほかに何やかやと代金を要求する。

むろん、食べるのもただではない。

女は暗く澱んだ屋根裏部屋でほとんど一日をすごし、外に出ることもない。

そんな暮らしは、たいてい、長く続かない。

身体を悪くするか、頭がおかしくなる。

そうなると亭主は女をお払い箱にする。出ていってもらうのだ。

屋根裏部屋は何日か人気《ひとけ》がなくなり、それからまた別の女が流れてくる。

伝吉はそういう女のひとりだった。

「お伝は着古して傷《いた》んだ黒羽二重を、いつも着ておりました。あんな女でも己《おのれ》を飾って、ちっとでもましな女に見せたかったんですかねえ。いえ、たいして稼げやしません。ただ、黒羽二重のお伝、とからかって、それを面白がってあがる物好きな客も希《まれ》におりやした」

亭主は申しわけなさそうに言った。

「お伝はここに、どれぐらい居た」

「一年と半年ほどおりやした」

「一年半？　こんなところに一年半も居たのか」

「ほかに、いく当てもなかったんでやしょう。うちも、気の毒なのでおいてやりました。出ていって五年になりやす。病に罹《かか》りやしてね。身体が弱って客がとれなくなった。郷里の縁者に世話になると申しましたので、うちに借金が溜まっておりましたが、いいから養生《ようじょう》しろと言ってやりました」

亭主は稼げなくなったお伝を追い出した。それだけである。

「郷里はどこだ」

「千住大橋をさかのぼった先の豊島《としま》村と言っておりやした」

豊島郡豊島村……隅田川をさかのぼって千住大橋をすぎ、さらにゆくと豊島の渡し場がある川筋の南側一帯が豊島村である。

むろん、江戸朱引《しゅびき》の外であり町方支配地ではない。

お伝はその豊島村の縁者の元に、身を寄せているのか。

亭主は、うちを出て夜鷹をやっていたという噂も聞こえやしたが、それ以上詳しいことは存じやせん、と言った。

「ご覧いただいたとおり、今は女もおりませんので」

天井へ手をちらとかざして、言いわけがましくつけ足した。

龍平と宮三、寛一の三人は高島を出た。

龍平は雨の堀端に佇んで、鼠色《ねずいろ》の雨空を映した川面を見つめた。

菅笠と紙合羽が雨に濡れ、雫《しずく》が垂れていた。

藁筵《わらむしろ》を覆った川船が一艘《いっそう》、櫓《ろ》を軋ませ堀を漕《こ》ぎすぎていくのを見送った。

「旦那、大島町の坂本の倅を訪ねますか」

宮三が後ろから言った。

「親分、おれはこれから豊島村へお伝に会いにいく。寺小姓に出した倅と父親の旗本のことが、どうしても気になる」

龍平は宮三と寛一へ振りかえった。

「親分は坂本の倅から、伝吉にまつわる知っている限りのことを訊き出してくれ。尾嶋と三谷が伝吉と何かかかわりがあるとしたら、それもわかればありがたい。今晩、《桔梗》で待っていてくれ。船を使えば、暗くなるまでには戻ってこられると思う」

「承知しました。寛一は？」

「おれと一緒だ。寛一、いくぞ」

「合点、承知」

寛一は雨にも負けぬ威勢のいい若い声を、堀端に響かせた。

三

大川端へ出て、佐賀《さが》町の川漁師の船を豊島村まで頼んだ。

雨にけむる隅田《すみだ》川は、鉛色の静寂の底に沈んでいた。

途中の河岸場に船が舫《もや》い、いき交う船はなかった。

千住大橋をくぐり、尾久《おぐ》河岸をすぎてほどなく、蘆《あし》や荻《おぎ》の生い茂る川縁《かわべり》に豊島村の渡しが見えた。

渡し船が桟橋の杭《くい》にぽつんとつながれ、船頭の姿はなかった。

渡し場に通りかかった百姓に道を訊き、六阿弥陀《ろくあみだ》廻り一番の西福寺《さいふくじ》への途中を、疎水《そすい》に沿って豊島村の畦道《あぜみち》へたどった。

雨はいくぶん小降りになっていたけれど、はるばると広がる白い天空からしとしとと息苦しく降り続いていた。

足袋《たび》は泥濘《ぬかるみ》で汚れ、染み透る雨で着物も濡れた。

くねる疎水の先に堰《せき》があって、小高い丘の裾に稲荷の赤い鳥居の見える向こうに、疎水の水を引く幾枚かの田んぼが重なり広がっていた。

そうして黒い葉の茂る樹林を背に、数十軒の百姓家の萱葺《かやぶき》屋根や寺院の甍《いらか》、土塀に囲われた背の高い納屋や蔵が、田んぼのさらに彼方《かなた》、灰色の雨の中に固まって見えた。

「豊島村だ、寛一」

「あれですか。たいした道のりじゃ、ありませんや」

寛一は菅笠の下の濡れた顔を拭い、強がって言った。

村で二、三軒、お伝のことを訊いてみると、お伝の縁者はすぐにわかった。お伝の従弟《いとこ》で四十半ばに見えるが、まだ三十代だという弥右衛門《やえもん》という百姓だった。

囲炉裏《いろり》部屋のある内庭の土間で雨降り仕事の縄を編んでいた弥右衛門が、

「かまわねえだで、あがってくだせえ」

と勧めるのを遠慮し、龍平と寛一は囲炉裏部屋のあがり端《はし》に腰かけた。

太り肉《じし》の女房が、苦い味のする番茶を出した。

「……けどお伝さんは、二年半前、すでに亡くなっておりやす。そう、身体を悪くして頼ってきたのがもう五年も前になりやすか。村に身寄りもなく、うちに頼るしかあてがねえで、従姉《いとこ》といってもよく知らねえ人だったが、おらちが引きとるしかなかったでね」

弥右衛門は龍平に畏まり、朴訥《ぼくとつ》な口調で言った。

「おらが子供のころ、一度墓参りに村へ戻ったことがあって、うちにも手土産《てみやげ》を提《さ》げて挨拶《あいさつ》に寄ったのを覚えておりやす。そのころは江戸の深川という町で芸者をやっているとうかがいやした。綺麗な姉《あね》さんで、華やかな着物を着ていい匂いがして、おら、子供心にも恥ずかしくてね……」

弥右衛門はすぎた昔をふりかえって、おかしそうに笑った。

お伝が十代の娘から二十歳の年増になる、芸者として一番羽ぶりのよかったころなのだろう。

弥右衛門の話によれば、お伝が江戸へ奉公に出たのは十歳になる前だった。

お伝がどういう経緯《いきさつ》をへて置屋坂本の伝吉となり、羽織芸者になったのか、詳しい事情はわからないし、気に留めようもなかった。

ただお伝の実家は、元々が貧しい小百姓だった。

家を継いだ兄が博打《ばくち》に手を染め借金を拵え、村でも器量よしで評判だったお伝が芸者の道を進んだのは、実家を助けるために身を売って仕送りをするためだったらしいという噂を、後に聞いた。

それでも兄の博打好きは止まず、新しい借金を作ってわずかな田畑を村の高利貸にとられ、実家は小作の身に落ちた。

それが元でお伝と兄の仲は険悪になり、二親が亡くなったときもお伝が村へ帰ってくることはなかった。

その後さらに身を持ち崩した兄は、逃散《ちょうさん》同然に村を欠け落ちして、無宿渡世《むしゅくとせい》に身を沈め、行方知れずになった。

今ではその生死すらわからない。

「親類縁者といっても、おらの家もご覧のとおり、みな同じ小百姓だで……」

と弥右衛門は言った。

その小百姓の親類縁者が話し合い、村の名主が間にたって高利貸からわずかな田畑は買い戻したけれど、実家は荒れ果て廃屋となり、お伝に帰る家はなくなっていた。

子供の弥右衛門が、墓参りに戻ってきた綺麗な姉さんのお伝を見たのはそのころだった。

「親類一同がうちに会して、お伝さんが村に戻り婿《むこ》をとって百姓を続けるならみなそれでもええと、うちらの借金は後々少しずつ戻せばええという話し合いだったそうだが、お伝さんは自分の身は奉公の借金に縛られていてどうにもできなかったというのを、後に聞いたでがす」

それから二十数年がたって、郷里を捨てたお伝が弥右衛門を頼り戻ってきたのは、最早《もはや》ほかに身を処す手だてを失ったからに違いない。

「身体を悪くして働けず、ほかに身寄りもないのに、断るわけにもいかなかったでね。それでも、あの綺麗な姉さんと記憶しているお伝さんが五年前に戻ったときは、痩《や》せ衰《おとろ》えて見る影もなかった。人はこんなにもみじめに変わってしまうのかと思うと、あまりの酷《むご》たらしさに言葉もありやせんでした」

お伝は弥右衛門に、しばらく百姓仕事を手伝わせてもらいながら、これまでの疲れを癒《いや》した後は、また江戸に出て働くつもりだ、と気丈に言った。

けれども、お伝が重い病に侵《おか》されているのは、ひと目見れば明らかだった。

「おらちにきた翌日から、ほとんど寝たきりでね。百姓仕事の役になどたちやしねえ。たまに起きても歩くのさえままならねえ。気の毒だったけれども庭の納屋の二階で養生してもらいやした。小せえ子供もいるし、病気をうつされては困るでね」

土間では、老母と女房、十代半ばと思える娘や幼い弟や妹らが、龍平の方をちらちらと覗き見ながら縄を編んでいた。

五年前は、一番下の妹はまだ赤ん坊だっただろう。

台所の明かりとりの窓から、雨に打たれる欅《けやき》が見えていた。

「お伝さんが二年半前に亡くなるまで、おらと女房が世話をしやした。最後の方はまったくの寝たきりでやした。正直言って、二年半前にお伝さんが亡くなってほっとしたでがす」

伝吉ことお伝は気丈に生きはしたが、ついていない一生が見える。

龍平は苦い番茶を飲んだ。そして、

「お伝は深川で芸者勤めをしていたころ、ある侍の子を産んだ。男の子だ。事情があって侍とは別れ、子供もよそへやらねばならず、その後はまったく縁がきれてしまったのだ。そのことで訊ねたい」

と、おもむろに言った。

弥右衛門は膝《ひざ》に手を置いたまま、物思わしげに頭を垂れた。

「江戸のお役人さまが、もう二年半も前に亡くなったお伝さんのことをお訊ねに見えたので、たぶんそうではねえかと思っておりやした」

「そうではないかと？　どういうことだ」

「お伝さんはそれでも、二年と何ヵ月かはおらちで暮らしたのだから、少しは話を聞いておりやす。若えころ、身分の高いお旗本と懇《ねんご》ろになって、そのお侍の子供を授かった。玉のように可愛い利発そうな赤ん坊だった、と自慢そうに言いやしてね」

ふむ——と、龍平は頷いた。

「大事に育てねばならなかったが、お旗本の家には芸者の身分ではどうにもならねえ難しいしきたりなどがあって、自分の手では育てられず、泣く泣く手放さねばならなかった。けれど、子供は今では身分のある立派なお侍になっている。自分のような者が母親と名乗り出るのは、子供の出世に障《さわ》りがあるので自分はこれで満足だ、と涙流しながらに……」

「子供が、倅が侍になった、と言っていたのだな」

「へえ。自慢げに言っておりやした。なあおっかあ」

土間の女房に言った。

女房は、ああ、と無愛想に首をふった。

「なんという侍になった。侍の名は」

「相すいやせん。なんという名のお侍になったか、それから懇ろになったお旗本の名前も聞いてはおりやせん。半ば本当かなという気もしておりやしたので、おらも訊ねやせんでしたから」

そうか。お伝もそれ以上詳しくは言えなかったのだな。

龍平は窓の外の雨に濡れる欅を見た。

欅の後ろに、暗い雨雲が眺められた。

「けど……」

と、弥右衛門が言葉を継いだ。

「一年前の夏の初めになりやすが、若えお侍がおひとりで、お伝さんの消息を訊ねてまいったんでがす」

「若い侍?」

龍平の後ろで寛一の、「あ?」ともらす声が聞こえた。

侍は小柄な、若い娘を思わせる綺麗な優しげな顔だちをしていて、弥右衛門はもしかしたらお伝さんの倅ではないかと思った。

侍は、目だたない鼠色の羽織袴と手甲脚半《てっこうきゃはん》に草鞋《わらじ》の旅拵えで、菅笠をとって丁《てい》寧《ねい》に腰を折り、主《あるじ》にはばかりがあるによって名乗れないが、自分はお伝に所縁ある者である、と言った。

お伝が「こちらに世話になっているとうかがい……」と続けたその愁《うれ》いある面差しを、弥右衛門はぼんやりと覚えていた。

五年前、身体を悪くしたお伝が弥右衛門を頼って豊島村に戻ってから亡くなるまでの二年と何ヵ月かのありさまを語ると、侍は娘のように肌理《きめ》の細やかな白い顔を青褪《あおざ》めさせ、目を伏せたのだった。

豊島村の墓地に、お伝の父祖が眠る苔生《こけむ》した墓石があった。

村では昔から死者は火葬した。

お伝の亡骸《なきがら》を荼毘《だび》に付し、その墓に埋葬した。お伝の遺骨を埋葬してから、弥右衛門はせめてと、墓石の後ろに経文を記した卒塔婆《そとば》をたてた。

侍を墓地に案内した。

侍は墓石の前に佇み、掌《て》も合わせず、頭も垂れず、ただじっと見つめていた。

長い間そうしてから、

「これを、お伝さんの供養に、お役だてください」

と、弥右衛門に白紙に包んだ数枚の小判を手渡した。

それから立ち去りかけた侍に、弥右衛門は声をかけた。

「せめて、お名前だけでもお聞かせくだせえ」

すると侍は足を止め、細く長い指の手を青白い頬の高さにまでかざした。

「いや……名は許されよ」

侍は言葉静かに言い残し、そのまま村を立ち去ったのだった。

「子供のころ見た覚えのある綺麗な姉さんだったお伝さんに、どこか、面影が似ていやした」

弥右衛門はそう言った。


龍平と寛一は雨にぬかるむ野道を、豊島村の渡し場へと戻っていった。

野道の両側に広がる田んぼに、雨が音もなく降っていた。

雑木林が散在し、曇り空は厚く果てしなく広がっていた。

雨のけむる雲の彼方で、烏《からす》の飛ぶ小さな姿が見えた。

侘《わび》しげな鳴き声が聞こえる。

夕方の七ツ(午後四時頃)近くになっていた。

泥濘を踏む足音が、二人につきまとった。

「旦那、寺小姓に出された倅が、母親のお伝に会いにきたんでしょうか」

寛一が後ろから聞いた。

「間違いない。お伝の行方を探しあてて、ひと目会いに豊島村まできたのだろう。間に合わなかったが」

「お伝は弥右衛門さんに体裁のいいことを言いましたが、本当は倅が邪魔になって捨てたんじゃねえですか。そんな母親でも、ひと目会いたかったんですかねえ」

「人の生き方は真っ直ぐな一本の道ではない。みな曲がりくねったりいろんな道と交わっている。倅もきっと、己を捨てた母親への思いは、恨みだけではないのだよ」

龍平は前へ向いたまま応《こた》えた。

「ふうん、そうなんですかねえ」

田んぼの中を伸びる道のずっと先に、隅田堤の樹林が帯になっていた。

倅はどんな侍になっているのだろう。

一年前、倅もこの道を歩いたかもしれない。

龍平は胸に少し痛みを覚えた。

「湯島の切通しで侍を斬ったのは、倅なんですか」

寛一がまた訊いた。

「お伝の倅が間違いなく輝川だとしても、尾嶋や三谷とは清道館の門弟だったことと以外にはつながりがない。なぜ倅が尾嶋と三谷を斬ったと思うのだ」

「なぜって、ただなんとなく、そう思っただけです」

「倅が二人を斬ったとすれば、どんな経緯があったと考える」

龍平は背中で寛一に問いかけた。

「……譬《たと》えば倅が一角《ひとかど》の身分の武家になったのを聞きつけて、昔、二人が道場で輝川をいじめたみたいに、産みの母親が芸者から岡場所の女郎になったことや、寺小姓だった素性を言い触らすぞって、強請《ゆす》ったりとか」

龍平は沈黙した。

「倅は可哀想《かわいそう》だ。父親とは生まれる前に縁をきられ、母親に捨てられ寺小姓にやられ、十年以上我慢してやっと侍の身分を手に入れた。それがために強請られて二人を斬ったとしたら……」

「推量だ、寛一。決めてかかるのは、まだ早い」

雨が菅笠と紙合羽を叩いていた。

四

呉服橋の北町奉行所へ戻ったのは、暮れ六ツ（午後六時頃）近くだった。

寛一を先に桔梗へいかせ、宮三に豊島村での訊きこみの首尾を伝えるように指示した。

龍平は奉行所で昼間の報告調書を作り、それから桔梗へ向かうことにした。

奉行所へ戻った龍平を、廻り方《まわりかた》の石塚と春原が待ち受けていた。

同心詰所の自分の席に着座した途端、詰所出入り口の敷居に石塚が太い腹と分厚い胸を反《そ》らして現れ、

「龍平、きてくれ」

と、龍平を手招きした。

隣の勝手へいくと、春原がいて三人分の茶の用意をしていた。

石塚は龍平に「座れ」と言い、自らも大きな丸い尻をどしんと落として勝手の畳をゆらした。

「やあ、雨が降っても蒸すなあ。外廻りは大変だったろう」

石塚が目を細めた。

春原が三つの茶碗を盆に載《の》せて運んできて、三人は車座になった。

「日暮は今日はどこを廻ってきたんだい」

春原が茶碗を持ちあげて言った。

龍平は、読売屋孫兵衛から始まった今日一日の訊きこみの首尾を報告した。

「豊島村は遠いなあ。疲れたろう。まあ、茶でも飲め」

春原が、大きな目を剝《む》いた。

いただきます――と龍平も茶碗をとった。

止みかけていた雨が、夕刻になってまた降りだし、奉行所の敷石を激しく叩いている。

「龍平、おれも昨日あれからずっと、慈修の輝川という寺小姓の行方を調べてきた。でな、ちょいと妙な具合になってきた。春原にも話をして、龍平の帰りを待っていたんだ」

龍平は春原へ向いた。

「何かご存じなんですか」

「まあ、順番に話す」

石塚は茶碗を、ずずずっ、と音をたててすすった。

「妙玄寺の慈修は、気に入った童子を寺小姓奉公へあげるのに、妙に血筋、それも武家の血筋をありがたがる坊主だった。幼《いとけな》いだけではだめらしい。輝川が深川の羽織芸者伝吉の倅だとすれば、相手の父親が旗本の血筋だったから六歳の輝川を寺小姓にして引きとったという話は辻褄《つじつま》が合う」

石塚はもう、妙の字とか、破の字とかの符牒は使わなかった。

「だから、長年寵愛した後に寺を出して身をたてる世話をするにも、ほとんどが御家人株だが、武家に養子縁組させるというのに、相当こだわっていた筋がある」

「部屋住みを寺小姓にするにしても、いずれは御家人株を買って武家に戻してやると言えば童子らも励むだろうからな」

春原が言うと、ふん、と石塚は薄く笑った。

「とにかく寺小姓に選ぶにも寺小姓の後の面倒を見るにも、ほとんど全部を慈修自身の裁量で計らい、本人以外はよく知らないというのが実情なわけだ」

で——と、石塚は茶碗を盆に、こつん、と戻した。

「今朝、輝川の養子縁組先を調べるために谷中の妙玄寺を訪ねた。慈修以外は誰もかかわっていないのだから、何度訪ねても同じなのだが、昨夜布団の中でふと、待てよ、と考えた」

　龍平は石塚をじっと見つめた。

「家柄体面を表向き重んじる武家にこだわるなら、金はもちろん使うにしても、養子縁組の場合、身分が違いすぎる相手には仮親をたてるだろう。譬《たと》えば、町家の資産持ちの娘が身分の高い武家へ嫁入りするのに、一旦別の武家と養子縁組し、武家の娘として婚家へ嫁がせる仮親だ」

　龍平は、己の胸の鼓動が聞こえるのがわかった。

「金目あてに養子縁組を受け入れる武家は、養子が寺小姓であっても実家が武家の家柄であれば体面を保てる。だが、相手が輝川のような血筋は旗本という触れこみでも、卑《いや》しき羽織芸者の倅を養子にして家名を継がせるのは、いくらなんでもこれでは体裁が悪い。よって慈修は輝川の養子縁組に仮親をたてたのではないか、とおれは考えた」

石塚は、どうだ、という顔を龍平に向けた。

龍平は頷きかえした。

龍平自身がそうだった。たとえ部屋住みでも旗本の血筋が卑しき町方同心の家へ婿入りなど体裁が悪い、と親類縁者の間でひと悶着《もんちやく》あった。

与力ならまだしも……

と、龍平は言われた。

つまりそういうことだ。どこかの武家が輝川の仮親にたてば、養子縁組先はその仮親の部屋住みを養子に迎えるという体裁が保てる。

仮親は一旦輝川を家に迎えることにはなるけれども、家督を継ぐわけではないし、慈修から謝礼を得ることがむろんできる。

それぐらいならば、と武家とて算盤勘定《そろばんかんじょう》を働かせる。

「だから妙玄寺の応対に出た坊主に訊いた。慈修と馴染みの深い武家、たいていは御家人だと思われるが、慈修に頭があがらない何かの恩があるとか、表だってではなくとも相当の借金があるとかの、そういう武家をご存じないかと、だ」

慈修に頼まれれば仮親にたつことを断れそうもない、あるいは以前、仮親を引き受けたことのある武家だ。

　春原が唇をへの字に結んで、目を剝いている。

「そういうことならもしかしたら、とその坊主は小日向のある御家人の名を出した。そこも貧しい小普請役だ。慈修にかなりの借金を抱えておるという噂だそうだ」

「その家は……」

　龍平の気がはやった。

「小日向の窪塚家。主は窪塚藤五郎《とうごろう》だ」

　窪塚？　窪塚家だと。

「窪塚ですか。本当に窪塚家に間違いないのですか」

　龍平の語調が激しくなった。

　石塚が太い腕を龍平の前に差し出し、掌を開いた。

「まあ待て。抑えろ、龍平。気持ちはわかる。おれも少々動揺を覚えているのだ。だからこんな廻りくどい言い方をしている。ここに春原がいる理由があるのだ。聞け」

　春原が小刻みに震える手で、茶碗をつかんだ。

龍平は浮きかけた腰を落ち着け、はやる気を鎮《しず》めた。

「それで小日向の窪塚の組屋敷へいってきた。主の窪塚藤五郎に会ってきた。白髪頭の年配の男だった。訊いたよ。そしたらな、七、八年前、慈修に是非にと頼まれ乗り気はしなかったが、一度だけ、寺小姓が武家と、それも町方同心の家と養子縁組を結ぶ仮親になったことがあると言った。わかるな」

龍平は黙って大きく頷いた。

「寺小姓の名は輝川。名を中也と改め、司馬家と養子縁組を結んで司馬中也になった。南町の司馬中也が窪塚家の部屋住みで、司馬家に養子に入っていたことは聞いていた。だがその前があった。司馬中也は寺小姓輝川だ」

勝手の外の敷石を雨が叩いている。

龍平はそのとき、わけもわからず寺小姓輝川の素性が気にかかっていた、そのわけが閃《ひらめ》いた。

龍平は知らなかった。だがおれは知っていたのか——龍平は自らに問うた。

いつ知った。いつだ。龍平は混乱を覚えた。

「まだある」

と、石塚がさらに言った。

「窪塚藤五郎は慈修から仮親の頼みを受けたとき、幾らなんでも芸者の子ではと躊躇《ためら》った。だが、母親は深川の芸者でも父親の血筋は由緒ある旗本だと慈修から聞かされ、それならばと承知した」

「そのとき、窪塚は旗本の名を聞いたのですね」

「そうだ」

「公儀勘定組頭《こうぎかんじょうくみがしら》黒河紀重だ。屋敷は浜町にある」

　春原が言い添えた。

　なんということだ。尾嶋健道、三谷由之助、妙玄寺の僧慈修、そして旗本黒河紀重の主従、ばらばらに起こったそれぞれの人斬りが、輝川という寺小姓を介してひと筋につながっているのだ。

「龍平が読売屋孫兵衛から訊きこみをした羽織の伝吉が、寺小姓輝川の母親だということは間違《まちげ》えねえだろう。だとすれば、龍平、見えてくるじゃねえか。斬られた者はみな、窪塚中也になる以前の寺小姓輝川の生まれと素性にかかわる者ばかりだってえことが」

　そ、それは……と春原が言いかけて口ごもった。

「輝川の生まれと素性を、消したいやつがいやがるのさ」

石塚が言い放った。

「なんのために、なんのために隠さねばならない」

春原が言った。

「龍平、湯島の切通しの一件はいつだ」

「四月二日の夜です」

「そこで下谷の御家人の柄の悪い部屋住みが二人。四月の下旬に色呆けの破戒坊主慈修、それから先月、両国川開きの夜に旗本黒河紀重だ。誰かが誰かに言った。おまえは芸者と旗本の間にできた子で、父親には卑しい芸者の血筋ゆえに縁をきられ、破戒坊主の寵愛を受けて侍の身分を買ってもらった素性だ。その卑しい素性をばらされたくなかったら金を寄越《よこ》せ、とでもな」

「それで、次々とだな」

春原の溜息がこぼれた。

「ふむ。龍平、そいつは一年前、豊島村に輝川の母親お伝を訪ねていった。もしかしたらそれもすぎた昔の一切合財を消すためだった、かもしれねえぜ。だが消すまでもなく、お伝はすでに亡くなっていた」

「いえ。たぶん違うと思います」

龍平は応えた。

「その男は、お伝を己の心に刻《きざ》みにいったのです。子供のころに見た、ぼうっとしか残っていないお伝の、六歳のときに別れた母親の面影を、確かめにいったのです」

石塚と春原は、二人揃《そろ》って龍平の言葉に頷いた。

「ですが、母親の面影を再び見ることはできなかった。それゆえ男の心には、母親お伝がまだ辰巳の芸者伝吉だったころの、人々の眼差しを引きつけないではおかないほど綺麗な、黒羽二重を着こなし箱屋を従え歓楽の町を歩む姿が、今なお生き続けたままなのでしょう」

龍平は眉間に手をあてがい、瞼《まぶた》を閉じていた。

龍平には伝吉が見えた。

両国川開きの夜、向こう両国で龍平と束の間目を合わせた、黒羽二重のお伝が見えた。

そうだ、あれだ。あれが黒羽二重のお伝だったのだ。

おれの気がかりが始まったのはあのときだった、と龍平は気づいた。

お伝の凄艶《せいえん》な面影が、両国橋の夜空を染める打ち上げ花火の、鮮やかな白い光に染まった。

黒羽二重のお伝の顔に、見覚えのある顔が重なった。

「どうした龍平。具合が悪いのか」

石塚が、眉間に手をあてがいうつむいている龍平を気遣って言った。

五

同じ夜、本所菊川町《きくかわ》から横川に架かる菊川橋の東へ、横川から分かれた入り堀の菊川が、菊川橋周辺の武家屋敷地を抜けて田んぼの間を流れ、猿江町《さるえ》御材木蔵の黒い影がうずくまる夜の帳《とばり》の中へゆるやかな水流を没していた。

終日の雨模様に、夕刻からはしとどに降った雨は、夜更けてから霧雨《きりさめ》となって菊川とその両堤を湿潤とした靄《もや》に包んでいた。

堤から広がる暗い田んぼでは、霧雨が漂う夜空いっぱいに蛙が騒々しい鳴き声を響き渡らせていた。

その霧雨けむる菊川の暗い北堤を、蛇《じゃ》の目《め》を差した二つの人影が、素足に草《ぞう》履《り》、着物の裾が濡れるのを厭《いと》うふうもなく、菊川橋の方角へひたひたと歩んでいるのであった。

前の人影は蛇の目の下に黒羽二重の片脇に茣蓙《ござ》を抱え、昼夜帯《ちゆうやおび》をだらりに結んで頭には手拭を吹き流し、手拭の端を紅を刷《は》いた唇からこぼれる美しい歯並びで嚙《か》んでいた。

数歩遅れた後ろの影は、夜目にも前の人影より肩から上が突き出た大男。三角髷《まげ》の櫓落《やぐらおと》しに結った相撲とりだった。

紺の帷子《かたびら》を裾端折りに、毛深い脛毛《すねげ》に覆われた丸太のような頑丈な足が、ぬかるんだ堤道にぐにゃりぐにゃりと足跡を残していた。

そんな前後二人連れの蛇の目を、霧雨がさわさわとなでている。

と、二人の周りを包んでいた蛙の鳴き声が、ふっとかき消えた。

森《しん》と静まりかえったあたりを、後ろの相撲とりが訝《いぶか》しんだ。

だが前の小柄な人影は、何も気づかぬ素ぶりで歩みを変えなかった。

それゆえ相撲とりは前の人影につき従い、重たげな歩みを運び続けた。

ただ、堤道の前方より霧雨に霞《かす》む中に幾つかの人影が近づいてくるのがわかったし、相撲とりの後方からも人の気配が忍び寄っているのが、しばらく前から知れていた。

「人が、くるぞ」

相撲とりは野太く響く声を、太い喉首から絞り出した。

前を歩む影は蛇の目をわずかに傾《かし》がせ、後ろの相撲とりに小さな相槌《あいづち》を送った。

それでもやっぱり、ゆっくりと進んでゆく。

止んでいた蛙の鳴き声が、入り堀の堤一帯にまた喧《やかま》しく沸きあがった。

「相馬《そうま》、後ろは任せていいね」

ややあって、前の影のやわらかい声がか細く言った。

「任せろ」

相馬と呼ばれた相撲とりは、後ろの方からだんだん足早になる忍び足へちらとふりかえった。

忍び足の数は五つ。前方より近づいてくる数は三つ。

前方の歩みは、ゆっくりと泥濘を踏み締めている。

やがて三つの影が、霧雨の中にぼうっと浮かんだ。

三つの影は蛇の目の二人を阻《はば》むように左右へ広がり、歩みを止めた。

「黒羽二重のお伝。こんな雨の夜でも客を探すか」

男の声に、蛙の鳴き声が一斉に止んだ。

道に広がったのは浪人風体の、腰に両刀を帯びた明らかに侍らだった。

袴の股《もも》だちを取り、裸足《はだし》になって刀の鯉口《こいぐち》を、かちり、ときった。

「お遊びなら、二十八文でござんす」

言いながら、黒羽二重のお伝は微笑み、そして歩みは止めなかった。

両者の間は徐々に縮まる。

侍たちはそれぞれに鞘《さや》を払った。

それでも蛇の目を差したお伝のかまえは少しも変わらず、ゆっくりとした艶《つや》めいた歩みも変わらなかった。

浪人らはわずかな戸惑いを覚えたが、これしきの夜鷹ごとき、と抜いた刀は垂らしたままだった。

刀が霧雨に濡れ、垂らした切先から雫が垂れた。

そのとき後方から、裾端折りの険しい顔つきの男らが忍び足から駆け足になり、ちゃちゃちゃちゃ……と相撲とりの後ろへ迫っていた。

「てめえら、うちのしまで勝手な真似を働いた報《むく》いだぜ」

先頭の男が喚《わめ》いた。

五人のうち三人は匕首《あいくち》で、二人は得物《えもの》に棍棒《こんぼう》を携《たずさ》えていた。

相撲とりだろうが、なんだろうが、腹をぶすりとやりゃあいちころよ、と匕首を腰に据え背中へ体あたりを喰らわしにかかる。

そりゃあっ。

先頭の男が叫んだ。

と、巨体には似合わぬ素早い動きでふりかえった相撲とりの張り手が、男の左頰へ飛び、枯れ木の折れるような音が鳴った。

ぐふっ。

男の砕かれた顔面の周りに水飛沫《しぶき》があがる。

男の匕首は相撲とりの長い腕の中ほどまでしか届かず、男とともに菊川の暗い川面へ吹き飛んだ。

呻き声さえあげられず、霧雨の川面を騒がせただけだった。

「ぎゃあっ」

と、悲鳴を発したのは、続く男の匕首を持つ手首を相撲とりが素早く握って割り箸を折るようにねじ折ったときだった。

同時に襲いかかった三人目の棍棒が相撲とりの額を打って、棍棒が砕け散った。
　だが相撲とりはびくともしなかった。
にたり、と笑い、三人目の顔面を掌《てのひら》で覆ってつかみ、ふり廻した。
顔を掌で包まれ声を出せない男が人形のようにふり廻され、泣きながら助けを
呼んだ。
　手首をねじ折られた男は、きりきりと悲鳴をあげている。
後の二人は、そのありさまに慄《おのの》いた。
足が止まり、おまえいけ、そっちがいけ、と押し合った。
　相撲とりは泣き叫ぶ二人の男を引きずり、その二人へ一歩二歩と踏み出した。
ま、まずい――二人は後退《あとずさ》った。
「きええっ」
　浪人が奇声を発し、上段から打ち落としたとき、黒羽二重のお伝が差し出した
蛇の目が踏みこみを遮《さえぎ》った。
　浪人には、お伝が莫蓙から抜き放った仕こみの小太刀が見えていない。
　蛇の目の土佐《とさ》紙を斜めにきり裂いて払いのけ、再び上段へかまえた。
　刹那《せつな》、浪人は喉首を小太刀に貫《つらぬ》かれていた。

きり裂かれた蛇の目がくるくる廻って、川面へ落ちる。

お伝は小太刀を抜くと、左からの袈裟懸《けさ》けを、からんと撥《は》ねあげた。

浪人の一刀は水飛沫を飛ばし、お伝の吹き流しが霧雨の虚空《こくう》へ舞う。

そのときお伝は、身体を小さく折り畳《たた》んでほぼ同時に打ちかかった右からの一刀を空《むな》しく泳がせた。

次の瞬間、はじけ飛んだ黒羽二重の痩軀《そうく》が、空を泳いだ浪人の頭上で四肢《しし》を躍動させた。

白い足が空をかいて、小太刀はいつしかお伝の右の手から左の手へと持ち変えられていた。

夜空に翻《ひるがえ》った小太刀を霧雨の煙が包んだ。

黒羽二重を見あげた浪人の悲鳴があがる。

ふわりと着地する。

呆然《ぼうぜん》と佇んだ浪人は、頰骨までを斬り裂かれていた。

左の浪人が体勢をなおし、打ちかかる。

間髪容《かんはつい》れず、お伝は浪人の懐へ蝶《ちょう》のように飛びこんだ。

左手の小太刀はすでに右手へ戻って、易々《やすやす》と浪人の脇をくぐりながらざっくりと斬り抜ける。

浪人はその早さに追いつけない。

ただ打ちかかった勢いのまま前のめりに崩れ、右の男ともつれ合ってもろともに菊川へ滑り落ちていった。

お伝は刀をかざし、動かなかった。

島田のほつれから、雨の雫《しずく》がしたたった。

首を押さえてうずくまっている浪人の周りに、泥水と見分けのつかぬ黒い血が、無気味な音をたてて噴いていた。

お伝は青ざめた顔を、相馬へ投げた。

相馬は大きな両手に二人の男を引きずっていた。

二人の男は案山子《かかし》のようにぐったりとなり、か細い呻き声をあげていた。

残りの男らは逃げ去ったのか、姿はなかった。

相馬は二つの案山子を持て余し、それを無造作に暗い菊川へ投げ捨てた。

霧雨の中に水音がたった。

「相馬、怪我はないか」

お伝はかまえを解き、相馬の影へ声をかけた。

「ああ、なんともねえ。ただ二人逃がした。仲間を呼んでくるかもしれねえ。早く逃げよう」

「こんなやつら、幾らきても平気さ。けど、煩わしいから今日はもう帰ろう」

そうして霧雨の夜空を見あげ、青ざめた顔を雨に打たせた。

お伝は堤端の叢《くさむら》に落ちた手拭を拾った。

ほつれ髪が頰に落ちる島田へ、また吹き流しに覆った。


翌日、深川六間堀町に小さな板看板を提げただけの読売屋孫兵衛の裏店は、朝から人の出入りが多かった。

夕刻、何組かの二人の読売に三味線ひと棹《さお》の三人連れが、「ひょうばん、ひょうばん……」の呼び声や、流行りの端唄《はうた》三味線に合わせた売り声とともに読売屋孫兵衛の裏店を出ていく。

読売が細い字突きで叩きつつ売り歩く瓦版には、まだ薄暗き今朝、本所菊川に浮いた四つの亡骸、川縁の蘆にすがる男の瀕死《ひんし》の呻き声、雨上がりの堤道に黒ずんだ血に染まりうずくまるひとつの骸《むくろ》、その酷たらしい一件が記されていた。

男らは本所吉田町に居を構える竪川筋の夜鷹の元締め、銅《あかがね》の勘右衛門《かんえもん》の手下と食客《しょっかく》の浪人らだった。

掛《かかり》は南町の定町《じょうまち》廻り方の同心が務め、骸の検視《けんし》にもあたった。

銅の勘右衛門は町方の聴きとりに、

「手下どもに何があったのか、おらにはさっぱりわからねえ。誰ぞと喧嘩《けんか》にでもなったのか」

と、要領を得なかった。

けれども読売屋孫兵衛の瓦版はどこで聞きつけたか、手をくだした者が誰か、書かれてあった。

昨夕、夜鷹黒羽二重のお伝と用心棒の元相撲とりは、本所菊川堤で……

第四話　江戸相撲《ずもう》

一

江戸相撲《ずもう》の初興行は貞享《じようきよう》元年（一六八四）、深川八幡で催《もよお》された八日興行だった。

相撲は奉納相撲、勧進《かんじん》相撲が主な興行であり、ほかに大名の御前相撲、場所を定めず花相撲などがあり、天明《てんめい》（一七八一〜）のころから十日興行が普通になった。

その昔は、辻相撲草相撲が各町や神社などで折々に行なわれていた。

相撲は無頼遊俠《ぶらいゆうきよう》の腕っ節の強い連中らがやるもので、勝負を競うばかりでなく、相撲場の喧嘩《けんか》は絶えず、良民らを困らす荒くれ者らも少なからずいた。

《風呂相撲、芝居兵法男伊達《だて》、三味《しやみ》蕎麦切《そばきり》、博奕《ばくち》大酒》

と言って、世の悪性なものに相撲が入っていた。

ちなみに、雑司ヶ谷《ぞうしがや》では名高い草相撲が年中行事に催され、雑司ヶ谷付近は浪人相撲の寄せ集まりの場所だった。

幕府は貞享年間に辻相撲草相撲を禁じた。

相撲は悪性なものであると同時に、危険なものでもあったからである。

興行は必ず主催者である勧進元を立て、相撲とり締まりの責任を持たなければならなくなった。

それに伴って、四十八手、八十八手などの相撲術が洗練されていく。

春秋二季の興行願いを届け、勧進相撲が許されたのは元禄《げんろく》十五年（一七〇二）である。

木戸札は三匁《もんめ》、桟敷《さじき》は四十三匁だった。

相撲部屋は享保《きょうほう》年間（一七一六～三六）にできた。

勧進元らの元方、年寄らの寄方、が相撲部屋を作り相撲とりを集め、それが後に東西に分かれる元になったとも言われている。

ほかに屋敷方という大名お抱え相撲とりがおり、場所は芝神明《しばしんめい》、御蔵前《おくらまえ》八幡、両国回向院、茅場《かやば》町薬師《やくし》などで行なわれた。

深川八幡、西大久保《にしおおくぼ》八幡、神田明神では花相撲が行なわれた。

回向院が年二回の本場所になったのは、天保《てんぽう》四年（一八三三）である。

その回向院裏大徳院《だいとくいん》門前町の年寄伊左衛門《いざえもん》が抱える相撲部屋を、菊川の一件があって十日近くがたった六月の中旬、《梅宮》の宮三が訪ねた。

その朝、稽古場の土俵では巨漢の力士らのぶつかり稽古が行なわれていた。

さあこいっ。おらあっ。

どすん、どすん、ずずず……

わああ……

土と汗にまみれた肉がぶつかり、骨が軋《きし》み、相撲とりらのうなり声と、喚声が飛び交って、稽古場の高い天井をゆるがした。

座敷のあがり端《はな》には、浴衣《ゆかた》を羽織《はお》った古参の相撲とりが、三、四尺《しやく》（約一メートル）の竹竿《たけざお》を手にして腰かけ、不甲斐《ふがい》ない弟子らのぶつかり稽古に罵声《ばせい》を浴《あ》びせていた。

ときには転《ころ》がされて起きあがれない若い相撲とりの、土まみれの尻や背中に竹竿を容赦《ようしや》なく見舞《みま》った。

「相馬はまことに惜《お》しい逸材《いつざい》でごぜいやした。見あげる身体《からだ》、長い手足、盛りあがった肉に漲《みなぎ》る力、どっしりと動かぬ大きな尻、それでいて決して動きが鈍らねえやわらかさ。あいつはこれまであっしが見た中でも、頭抜《ずぬ》けた相撲とりでごぜいやした」

年寄の伊左衛門は、座敷から稽古場を見おろしたまま言った。

宮三は伊左衛門の、胡座《あぐら》をかいた太い足や胸の前で組んだ腕の張り裂けそうに盛りあがった肉を見つめ、溜息が出た。

年のころは宮三より三つ四つ上の五十すぎに見える身体は、若き日の相撲とりの名残を未だに留めていた。

あどけない顔をした若い力士が、宮三と伊左衛門に煎茶《せんちゃ》を出した。

宮三は香ばしい煎茶をすすりつつ、伊左衛門の話に聞き入った。

「勝負勘《かん》がいいと言うのとはちょっと違う。あの太く長い四肢《しし》の手捌《てさば》き足捌きの流れが、力と力のぶつかり合いの中に無理なく溶けているんでやす。言わば相撲が綺麗《きれい》、そんなふうに思える相撲とりでやした」

どすん、どすん、ずずず……

わあああ……

若い力士が土俵を這《は》っていた。

疲労困憊《こんぱい》してつく荒い息が、座敷にいる宮三にも聞こえてくる。

「子どものころ、三代目谷風梶之助《たにかぜかじのすけ》の土俵を見たのがあっしの相撲の始まりだったが、相馬が弟子入りしてきて稽古をつけたとき、ふと、その谷風の相撲を思い出しやしてね。胸が高鳴ったのが忘れられやせん。けど逆に……」

と、伊左衛門は宮三へ視線を流し、眉間《みけん》に苦《にが》そうな皺《しわ》を寄せた。

「相馬には、相撲とりになくてはならねえ大事なものが欠けていた。それがわかって落胆も大きかったんでごぜいやす。何が欠けていたかって？　そいつぁここですよ、ここ」

と、伊左衛門は厚い胸を太い中指で突っついた。

「世間じゃあここのことを度胸とか勇気とか、気迫、執念、いろいろ言いやすが、なんだってかまわねえ。相撲は見世物だが、元はといえば力持ちの士《おとこ》が、力任せに相手を押し倒し組み倒す戦場《いくさば》の武芸なんだ。土地の実りと同じなんでやす。特別な力、強靭《きようじん》な身体は、神さんから授かった得物《えもの》や甲冑《かつちゆう》と同じなんでやす」

伊左衛門は稽古場へ目を戻した。

「だから、土地の実りを神さんに奉納し、相撲も神さんに奉納するんでやす。神さんから特別に授かった力持ちだからこそ力士なんでやす。勝ち負けじゃねえ。力士は神さんに奉納する相撲場に、己《おのれ》の力を捧げるんだ。相馬は相撲のそこのところが飲みこめなかった。そういう性根が欠けていやした」

　転がされた土まみれの弟子に、古参の相撲とりが「おめえ、立たねえか」と竿で尻を叩いた。

　宮三が訊いた。

「相馬は厳しい稽古に堪《た》えられなくて、部屋を辞めたんですか」

「そうじゃありやせん。相馬は稽古で弱音を吐いたことはありやせん。新弟子の中でも一番稽古熱心なくらいだった。めきめきと力をつけやしてね、すぐに兄弟子を追い越した。稽古をつける相手がいなくなっちまったくらいにね」

　伊左衛門はそう言って、ふうむ、とうなった。

　相馬は、神田明神下は金沢町《かなざわ》の魚屋の倅《せがれ》だった。

　童子のときから近所の童子らより頭ひとつ飛び抜けた大きな身体を持ち、力も強かった。

ただ、身体がでかく力持ちでも、近所の小さな子に泣かされるくらいに気が弱く泣き虫だった。

家業の魚屋は小さな商《あきな》いで、貧しい暮らしに兄弟も多かった。

十歳のとき、両国の商家へ小僧奉公に出された。

商家では、身体が馬鹿に大きいこと以外、目だったところのない大人しい小僧だった。兄さんの手代に叱《しか》られると、大きな身体ですぐにめそめそし、ときには家へ逃げ帰ったりして親を困らせる子だった。

それでも小僧奉公に慣れた十四歳のころ、大人も見あげ、側へ寄るのを畏《おそ》れるほどの巨漢に育っていた。

顔つきも頬骨《ほおぼね》や額《ひたい》が出っ張り、気の弱い童子の面影は消え、ひどく険《けわ》しい風貌になった。

相馬が商家の奉公を辞め、伊左衛門の部屋に入門したのは、十二年前の十五の年だった。

奉公先の主人が両国のある旦那と懇意《こんい》にしており、旦那の方は相撲とりだったころからの伊左衛門のひいきで、旦那の口添えで、相馬は伊左衛門の相撲部屋入りが決まったのだった。

それが相撲とり相馬の始まりだった。

相馬が相撲部屋に入門してすぐ、大器、将来の大関は間違いなし、と相撲の愛好者の間には渾名《あだな》が知れ渡っていた。

相撲の最高位は大関で、横綱は神社仏閣の地鎮の四股《しこ》を踏むために大関の中からひとり土俵入りを許される相撲とりのことをいう。

寛政《かんせい》元年（一七八九）、谷風と小野川《おのがわ》に江戸相撲最初の横綱の免状が与えられた。

相撲とりになった相馬は「今に強い大関になって大きな魚屋を建ててやる」と、貧しい両親を喜ばせることを言っていた。

ところが三年がすぎて、相馬の名は相撲とりの間から忽然《こつぜん》と消えた。

伊左衛門の部屋から姿を消したのである。

神田明神下金沢町の実家にも姿を見せず、行方知れずになったのだった。

厳しい稽古に堪えられなくて部屋を飛び出した。女ができた。博打で借金を作り、命を狙われ駆け落ちした。

相撲愛好者の間では、姿を消したわけがいろいろとり沙汰《ざた》された。

それが嘘《うそ》にしろ真《まこと》にしろ、ひと月、半年、一年と、ときがたつに連れて相馬の名は忘れられた。

二年、三年、と空《むな》しくすぎていく間、ごく希《まれ》に、昔、相馬という四股名だった相撲とりが竪川筋で物乞いをしている、とか、深川で無頼の破落戸《ごろつき》の中に交じっているのを見た、とかの噂《うわさ》が相馬を知る者の耳に流れた。

だが、どれもすぐに消え去ってしまう風評にすぎなかった。

そうしておよそ九年。相馬が伊左衛門の相撲部屋から姿を消して、長い歳月がすぎていた。

本所吉田町の元締め銅《あかがね》の勘右衛門の指図を受けず、竪川筋で稼《かせ》いでいる黒羽《くろは》二重《ぶたえ》のお伝という夜鷹の評判が、同じ竪川筋の夜鷹らの間にたち始めたのは一年ばかり前からだった。

器量の妖艶さと、一方であれは陰間ではないかという噂だった。

噂でしかないのは、黒羽二重のお伝が同じ夜鷹らと一切《いっさい》の交わりを持たず、勘右衛門のみならずどの元締めの指図も受けず、その正体を誰も知らなかったためである。

しかも、黒羽二重のお伝は巨漢の相撲とりの用心棒をいつも従えていた。

お伝はほかの夜鷹らと比べればむしろ大柄だったのに、相馬の巨体と列《つら》なって夜更《よふ》けの竪川堤をゆくさまは、童女が大きな物《もの》の怪《け》を引き連れさまよう不思議で不気味でさえある光景に見られた。

そのお伝に従う巨漢の相撲とりが、昔、回向院裏大徳院門前町の年寄伊左衛門の相撲部屋にいた相馬といった相撲とりらしい。

一昨日《おととい》、そんな話が宮三に伝わった。

湯島切通しの二人の部屋住み、横十間川の妙玄寺慈修、薬研堀の公儀勘定組《こうぎかんじょうくみ》頭《がしら》黒河紀重と従者、この三つの当初はかかわりのなかった殺しの背後に、寺小姓輝川を介して、ひとつにつながる奇妙ないわく因縁がひそんでいた。

偶然起こった三つ別々の殺しが、そうではなかった。

三つ別々の殺しにかかわるひとりの男が、浮かんだのだ。

男が三つの殺しの鍵を握っているのは間違いなかった。

妙玄寺慈修の寺小姓だった輝川が、さる武家と養子縁組を結び侍になった経緯《いきさつ》をつかんで以来、龍平と定町廻り方《じようまちまわりかた》の石塚与志郎、春原繁太の三人は、新たに浮かんだ男を廻《めぐ》って、手分けして動いていた。

龍平らは、昔、寺小姓だったその男の足どりと、三つの殺しにかかわりが疑われる周辺を、ひとつひとつ洗い直していた。

しかし、探索は隠密《おんみつ》に進めねばならなかった。

龍平ら三人の同心とそれぞれが使う手先のほかには、南北両町奉行所の奉行と一部の支配役をのぞけば、奉行所内でも町方組屋敷のある八丁堀においても、三人の探索を知る者はいなかった。

取り決めたのではないけれど、龍平らは男の名を出すことすらはばかった。

ある種のやりきれなさを、三人はともに秘めていた。

黒羽二重のお伝――

龍平と宮三、寛一の組は、この噂の夜鷹の正体を探る役目を担っていた。

黒羽二重のお伝はいつどこからどのように現れるのか。

お伝にいつも従う相撲とりが相馬なら、相馬を見つければおのずとお伝は見つかる。

どこかに塒《ねぐら》があるはずだ。

本所――みなが追うある者の友が、本所のどこかに住んでいる。

龍平の倅俊太郎が言っていたという。

そのために宮三は、伊左衛門の相撲部屋を訪ねたのである。

二

宮三は伊左衛門に訊《き》きかえした。

「稽古が堪えられないのが理由でねえなら、女に溺れたとか博打の借金とかの、そちらの方で?」

「女や博打に溺れる相撲とりなんぞ珍しくもねえ。そんな理由で姿を消しはしやせん。そう、あれは相馬が十八のときだった。二月でやした。浅草観音境内《けいだい》で花相撲が行なわれやしてね。相馬は売り出し中の若衆だった。その日、相馬の相手は古参の関脇だった。ちょっと意地の悪い男でね」

伊左衛門は唇を結び、考えを廻らした。

「花相撲は本場所とは違う。怪我《けが》がねえように本気ではやらねえもんだが、売り出し中の相馬が、若衆の分際で評判のいいのが気に入らなかった。ちょいといたぶって、客の前で恥をかかせてやれと関脇は思ったんでやしょう。行司の軍配がかえって相撲が始まると、関脇は猛烈な張り手を浴びせた。ひと張りや二張りどころじゃねえ。何張りも続けて見舞った」

宮三は土俵の模様を思い描いて頷いた。

「あまりの激しさに客が騒然となったと言いやす。行司は残った残ったと言いながら、止めねばと思ったと後から聞きやした。相馬はごつごつした顔だが存外色白でね。それが見る見る赤く腫《は》れあがったそうでやす。関脇も相馬とは較べられなくとも、世間じゃあ大男だ。それが力をこめて張りまくった」

「そいつぁ、凄かったでしょうね」

「生憎《あいにく》あっしはほかの年寄と談合中で、土俵を見ていなかった。客の騒ぎが尋常じゃねえから、それで土俵を見にいきやすと、関脇が土俵でぐったりと倒れこんで、起きあがれねえ。相馬はぼんやりと佇《たたず》んで弱々しく息を吐《つ》いており、行司は相馬に勝ち名乗りをあげるのも忘れておりやした」

「相馬が張りかえしたんですね」

「右と左、二張り……」

「たった二張りで、関脇は怪我を?」

「いえ。そのときはもう息をしておりやせんでした。顎《あご》が砕けて、首も折れておりやした。関脇には女房と小さな子がおりやしてね。泣き叫ぶやら喚《わめ》くやら駆けつけてきた後の大騒ぎもひどかった。相馬は支度部屋で、じっとうずくまっておりやした。あの丸めた背中が今でも目に浮かびやす」

そう言えば宮三は、何年も前、浅草観音の花相撲で相撲とりがひとり亡くなった評判は伝え聞いていた。

その評判で聞いた名が相馬だったことは思い出せないが、あれがそうだったなら、もう九年前のことになる。

「相馬は可哀想《かわいそう》な相撲とりだった。年下のちびにも泣かされるくらいの弱虫がようやく身体を活かして夢中になれる男の仕事が見つかった。先々にも望みができた。弟子入りして数年は無我夢中に相撲をとっていられた。ところが己の身体には、己自身が恐くなるほどの力が備わっていた」

伊左衛門はまた太い腕を組み、稽古場のぶつかり稽古を眺《なが》めた。

「己の力を恐がって、まともに相撲をとれなくなったんでやす。土俵にあがるとおどおどしやしてね。技はともかく力だけは誰にも負けなかったのが、手もなく押し出され突き出され、組んでも土俵に転がされる。臆病風に吹かれた力士は役たたずだ。臆病風に吹かれた力士が神さんの前にたてるわけがねえ」

伊左衛門の鼻のひしゃげた横顔が、陰鬱《いんうつ》に見えた。

「あっしがあれは仕方なかった、あれは神さんの思《おぼ》し召《め》しだったんだ、と幾ら懇々《こんこん》と説いても、怖気《おじけ》づいて聞く耳をなくしちまった。相馬は、てめえが神さんに選ばれた力士なんだという自惚《うぬぼ》れが欠けていた。苦しくとも這いあがる、相撲とりの性根が育たなかったんでやす。ここにね」

伊左衛門は、腕組のまま胸を突ついた。

「それで、相馬は？」

宮三は伊左衛門を促した。

「ある日、部屋から姿を消したんでやす。荷物も持たず着の身着のままで。惜しい逸材だったが、心、技、体、が揃《そろ》った相撲とりなんざあ、めったにお目にかかれるもんじゃねえ。相撲とりとはそうしたもんでしょう」

相撲とりの汗と土まみれの巨体が立ちあがり、どどどっと崩れる。

おら、どうしたどうした……と、稽古場に怒声が飛んだ。

宮三は上体を前へ傾げ、声を落として言った。

「十日ほど前の夜、本所菊川の堤でひと騒ぎがありました。吉田町の勘右衛門という元締めの手下ら五人が殺され、ひとりが大怪我を負わされました。三人が刀で斬られ、後の三人は、首の骨を折られ顎が砕け、顔面を潰され、ひとり生き残ったのは、手の骨がぼろぼろにされていたそうです」

伊左衛門の横顔は、じっと稽古場を見ていた。

「調べましたところ、黒羽二重のお伝という夜鷹が元締めの勘右衛門の指図に従わないのを根に持って、勘右衛門の手下らが黒羽二重のお伝に焼きを入れるために襲ったのが、あべこべにやられちまったらしいんでさあ」

「夜鷹には、何人くらい仲間がいたんで？」

伊左衛門は、腕組をした片方の手で顎を撫でた。

「ひとり、大男の相撲とりの用心棒がついておりましたそうで。て言うか、相撲とりを従えている、と言った方が正確かもしれません」

「二人で六人を。それにしても凄腕だね。相撲とりがひとりで相手にしたんですか」

「生き残った者の話では、夜鷹は刀を使って三人を倒した」

「ほお。その夜鷹は本当に女ですかい」

「黒羽二重のお伝は、竪川筋の夜鷹の間では評判でしてね。どうやら、お武家の陰間らしいんです」

「陰間？」

宮三は頷いた。

「いろんな噂は飛び交うが、神出鬼没、正体が今ひとつわからねえ。その夜鷹の用心棒についている大男の相撲とりに、親方、何か心あたりか、あるいは噂でもお聞きじゃありませんか」

「それが相馬だと？」

顎に手をあてがった伊左衛門は、顔だけを宮三へ向けた。

宮三は、こくりと頷いた。

「夜鷹の用心棒をしている元相撲とりの噂は、聞いたことがありやす。しかしそいつが相馬かどうかは、あっしは存じやせん。ただ、相馬と同じころに部屋に入門して、今は相撲を辞めて出入りの魚屋に婿《むこ》入りした男がおりやす。その男が、三ヵ月ばかり前、一ツ目之橋で巨体の相馬と出くわしたと」

「一ツ目之橋ですか。で？」

「男は懐かしくて、どうしていたんだ、と声をかけやしたが、相馬は昔の知り合いと出会ったことをひどく決まり悪がっているみてえで、ちょいと急いでいるからと、背中をすぼめて橋を渡っていったそうでやす」

「どっちへいったか、わかりませんか」

宮三は身を乗り出した。

「男は訝《いぶか》しく思ったそうで、相馬が橋を渡って竪川沿いの相生町《あいおい》一丁目と二丁目の横町を、北へ折れるのを見ていたそうでやす。相馬に出会ったのはそれきりで、それ以上のことはわからねえんでやすがね。相生町の先は松坂町《まつざか》。後はずっと武家屋敷で、御竹蔵の馬場の方までいきやすと亀沢町がありやすから、相馬が界隈の裏店《うらだな》に住んでいるとしたら、相生町か松坂町、ひょっとしたら亀沢町の裏店かもしれやせん、と男が言っておりやした」

ふん、と伊左衛門はつまらなそうに鼻を鳴らした。

「今さら相馬のことなんぞ、あっしにはどうでもいいことなんで、ほう相馬がねえ、と応《こた》えたそれだけのことでやすが……」

三

同じ朝、北町奉行所奉行用部屋の南側の腰障子は開かれていた。

縁側越しの中庭に植えられた夾竹桃《きょうちくとう》に朝の日が差し、雀が飛び交っていた。

四ツ（午前十時頃）の登城前の裃《かみしも》を着けた奉行が、西側壁に二間半（約四・五メートル）の素槍を架《か》けた下に着座し、奉行右手に詮議役筆頭与力柚木《ゆずき》常朝《つねあさ》、左手に年番《ねんばん》方筆頭与力福澤兼弘が控え、対座していた。

奉行より二間を置いて、石塚与志郎、春原繁太、そして日暮龍平が並び畏《かしこ》まっていた。

黙々と執務に当たる十人の用部屋手付《てつき》同心らが、龍平らの後方でたてる咳払《せきばら》いやひそひそと交わす声などが、とき折り、聞こえてきた。

「仲間の者については、どうなのだ」

奉行が石塚に訊いた。

はあ——と、石塚は慎重な口振りで応えた。

「尾嶋健道、三谷由之助、妙玄寺僧慈修、勘定組頭黒河紀重らの惨殺は、斬り痕、状況などを検視《けんし》役の説明から推量いたしますと、相当の手練《てだれ》の者が手にかけたことは、ほぼ間違いありません」

「同じ者の仕業だな」

「はい、ひとりであります。ということは、仲間らしき者がいたとしても周辺を見張るとか、その程度のことだったと思われます」

「それが、輝川に間違いないのか」

「われら調べを進めれば進めるほど、輝川以外、彼《か》の者らを斬る理由ある者は見あたらないのです」

石塚も奉行も、一同が周知の名を出さず、あえて輝川と呼んだ。

「廃業した深川の置屋《坂本》の倅が、芸者伝吉ことお伝の子は谷中の妙玄寺へ六歳の年で寺小姓にやられた輝川であると、父親である坂本の先代から聞かされております。ですが、坂本の先代は、伝吉の相手が旗本という以外、倅に何も話さぬまま亡くなりました。これは、伝吉と旗本が別れたとき交わした、一切かかわりなく名も出さない約束を守ったと思われます」

その坂本の倅のところに、湯島切通しで斬られた尾嶋健道と三谷由之助が訪ねてきたのは今年の春先だった。

「伝吉と子供のことを訊ねて、お侍さまが二人、見えられました。尾嶋という方と三谷という方に相違ございません。もうずいぶん昔の話ですので障《さわ》りはあるまいと思い、子供が輝川という名で寺小姓に出されたことや、お名前は存じませんが、旗本の血筋らしいとは話しました」

と、坂本の倅は宮三の訊きこみに応えていた。

倅の話から、輝川が旗本の血筋らしいことを尾嶋と三谷は知った。これは面白くなってきた、と二人は思ったかもしれない。

次に尾嶋と三谷は、輝川が小日向の御家人窪塚藤五郎を介して養子縁組をして武家になった事情を探った。

石塚が窪塚家へ二度の訊きこみをし、窪塚家が慈修の依頼に断り切れず輝川を一旦養子にした後、再び彼の家へ養子縁組させた経緯を、尾嶋と三谷が主人藤五郎に確かめにきたこともわかっている。

尾嶋と三谷は、輝川が芸者から岡場所の女郎へ身を落とした母親の素性を隠し、彼《か》の家へ窪塚家の部屋住みとして養子縁組を結んだ経緯と、のみならず、輝川の父親の旗本が誰かをもつかんだ。

ある日尾嶋と三谷は、彼の者の家をこっそり訪れた。あるいは勤めからの帰途のどこかで待ち受け、「よう輝川、久し振りだな」と、立ち現れたかもしれない。

さらに、春原が薬研堀で斬られた黒河紀重の家の奉公人らに訊きこみをし、あることがわかった。

今年三月、黒河紀重の屋敷をひそかに訪ねた、ひとりの侍がいた。

侍ははばかりあるゆえ名前は明かさなかったが、

「伝吉所縁の者、と黒河さまにお伝えいただければおわかりになるはず」

と、とり次ぎを拒《こば》む家士に言った。

結局、その侍は黒河紀重への面談はならなかった。

「そのときの風貌から、侍は輝川だったと思われます。輝川だったとすれば、何が狙いで黒河紀重を訪ねたのでしょう。今更詮無《せんな》いこととはいえ、父親にひと目会いにいったのか、あるいは己を捨てた恨み言を述べにでもいったのか、それはわかりかねます」

石塚は吐息をひとつもらし、首をひねった。

「ともかく、その後の四月二日の夜から四月下旬、五月の二十八日の両国川開きの日と、三つの殺しは行なわれました。これによって、輝川の素性を明かす鍵になる人物は消え去りました。つまり輝川の過去が消えてしまったも同然なのです。繰りかえしますが、輝川の過去を消す理由を持つ者は、輝川だけしかおりません。輝川が手をくだしたのです」

石塚は大顔をあげた。

「ただし、湯島切通し、横十間川の亀戸村の堤、そして薬研堀、の三つの場所で、輝川、あるいは輝川らしき者の姿を見たという証言はひとつもありません。これは不思議なことであります」

石塚は、むっと唇を結んだ。

「三つのいずれの場所にも輝川がいなければならない。わたしと春原の廻り方の経験上、夜更けではあっても、その三つの近辺で三度ともに誰にも見られずにすむというようなことは極めて難しい、と考えが一致いたしました」

「しかし、あり得ぬことではなかろう」

奉行が遮った。

「ではありましょうが、それよりこれは輝川が手をくだしたのではない、と見たてた方が無理がないと推断いたします」

「輝川ではない。で、黒羽二重のお伝か……」

奉行が言い、石塚は「おそらく」と応えた。

「日暮、おぬしがお奉行さまにお話ししてくれ」

石塚が龍平へ目配せを寄越した。

「は。申しあげます」

と、龍平は低頭した。

「夜鷹の黒羽二重のお伝は、輝川の母親が煮売屋の屋根裏部屋で女郎をしていたときの渾名です。黒羽二重のお伝が竪川筋に出没し始めたのがおよそ一年前。ちょうど同じ一年ほど前、輝川と思われる侍が、豊島村のお伝が身を寄せた故郷の親類の百姓を訪れ、お伝の死、すなわち母親の死を知らされております」

龍平は短い間を置き、それから続けた。

「わたくしの推量ではありますが、母親お伝の死によって、輝川の心の中に六歳のときに別れたお伝が生まれた、輝川の心の中に母親お伝が、夜鷹黒羽二重のお伝となって生き始めたと思うのです」

奉行や柚木、福澤が訝しげに龍平の言葉に耳を傾けた。

龍平は、黒羽二重のお伝の姿が見られた場所やときなど、手先の者を使い細かく訊きこみをし、調べあげていた。

その結果、三つの殺しの場所、湯島切通し、横十間川亀戸村の堤、薬研堀の近辺でも、殺しのあった当日とおぼしき夜、用心棒と噂されている相撲とりを従えた黒羽二重のお伝が見られている、と語った。

さらに、慈修が亀戸村の横十間川の堤で斬られた日の昼間、大男の相撲とりが三浦坂で見られていたことが、周辺の訊きこみで判明した。

相撲とりが慈修に、輝川の伝言を託《ことづ》かったのではないかと思われた。

そして、黒羽二重のお伝が女ではなく、陰間、すなわち男であることもこの間の調べでつかんでいた。

「十日前の菊川で夜鷹の元締め銅の勘右衛門の手下らが五人殺され、ひとりが大怪我を負った一件は、黒羽二重のお伝と用心棒の相撲とりが手をくだしたのは明らかです。生き残った者の話では、お伝は三人を斬り伏せました。それも小太刀を使ったそうです。お伝はただの夜鷹ではありません。間違いなく、恐るべき手練です」

龍平は牢屋敷の司馬中也の介錯を思い出しながら言った。

「輝川が黒羽二重のお伝だという確たる証《あかし》は、まだ見つかっておらぬのだな」

奉行が言った。

「はい。三つの殺しに手をくだした証も、輝川が黒羽二重のお伝だという確証も見つかっておりません。事の真相を知る者はただひとりです。黒羽二重のお伝を捕え、問い質《ただ》す必要があります」

龍平が言うと、奉行は柚木と福澤に顔を向けた。

「奇妙な一件だが、もはや躊躇《ためら》ってはおられぬな。心苦しいとしても、手を打つべきときがきておるようだ」

「まことに、さようです」

「やむを得ません。では、南町のお奉行さまには、いか様にお取り計らいいたしますか」

奉行の呟きに福澤と柚木が応じた。

「南町の岩瀬どのには、わたしから話すしかあるまい」

奉行は眉をしかめた。

「お伝の居所はわかるのか」

「今のところ、本所に元相撲とりと思われる仲間がいるとわかっているのみです。しかし相撲とりの居所がわかれば、おのずとお伝の居所も……」

龍平が応えた。

「石塚、春原、日暮、くれぐれも言っておく。八丁堀の組屋敷を騒がしてはならん。南町には南町の面目《めんぼく》があるだろう。表だたぬよう速やかに事を処理し、南町の面目は潰してはならん。この一件、何かやりきれん」

奉行が低く、呟くように言った。

「承知いたしました」

と、龍平らは畳に手をついた。

四

龍平は、三叉《みつまた》からの入り堀に架かる永久橋《えいきゆう》を渡り、対岸に田安《たやす》家下屋敷の白壁を眺めつつ、堀端に辻番のある紀伊家下屋敷と林《はやし》家上屋敷の間の通りを北へとった。

しばらくいった左手に、小野治郎右衛門《じろうえもん》の屋敷が長屋門を構えている。

徳川家指南役を仰せつかる小野派一刀流の名家である。

しかし、長屋門に《小野派一刀流》の看板は出ていない。

武家には、表門にもどこにも看板や表札を掲げる発想はなかった。

南北両町奉行所にすら、町奉行所、の看板はさがっていなかったのである。

龍平はその小野家表門脇の小門をくぐり、玄関で案内を乞《こ》うた。

応対に出た若党に、主屋から渡り廊下を伝い別の棟になる道場へ通された。

子供のころより八丁堀の日暮家へ婿《むこ》入りが決まるまで、稽古に通った懐かしい道場である。

磨き抜かれて黒光りした床が広々とし、風通しがよい。

道場は飾り気を一切排除し、厳かな静寂に包まれていた。

この飾り気のなさは、小野家が徳川に仕える前、戦国末の武芸者だった始祖以来の伝統である。

小野家の家風は、武芸ひと筋、妥協を嫌い権勢に阿《おもね》らない。

同じく徳川に仕えた武芸の家、柳生《やぎゅう》とは違う。

庭の賢木《さかき》が葉を茂らせていた。

稽古の始まる刻限ではなかった。

道場へ案内した若党が茶を出し、龍平の定服《じょうふく》へさりげなく一瞥《いちべつ》を投げた。

白衣《びゃくえ》の着流しに黒羽織と差料《さしりょう》は江戸町方役人の下僚《かりょう》、八丁堀同心の拵えと知らぬ者はない。

けれども大名屋敷の多いこのあたりの武家地で町方役人と出会うことはめったになく、町方役人が当家に何用なのだろう、と若党は訝っていた。

若党と入れ替わりに、鼠《ねず》の羽織に縞袴《しまばかま》のたくましい体軀の士《さむらい》が現れた。

小野派道場の師範代のひとりであり、小野派の四天王とも江戸剣術家の間では知られている島村欽八郎《しまむらきんぱちろう》である。

島村は細い目をいっそう細めて、広い道場の中央に座した龍平に微笑みかけな

がら、

「おお、沢木か。本当に沢木だな。なんと懐かしい」

と、龍平を実家の沢木の名で呼んだ。

龍平は手を床について頭を垂れた。

「北町奉行所同心、日暮龍平と申します」

「よせよ。よそよそしい。そうか、今は沢木ではなく日暮龍平なのだな」

島村は龍平の前で袴を払い、微笑みをさらにはじけさせた。

「どうしていた。なぜ道場に顔を出さなかった。小野先生も龍平の近況を今でもとき折り訊《たず》ねられるぞ」

「ご無沙汰をして、申しわけない」

龍平は頭をあげ、笑みを島村へかえした。

「このように町方同心の身になり、小野先生の門弟ではあってもいささか気が引けるのでな」

「何を言う。町方同心の扮装はそれなりに身についているよ。役目に励んでいる証拠だ。立派なものではないか」

島村欽八郎は、龍平と年の変わらぬ三十一歳。童子のころから通っていた道場の朋輩《ほうばい》である。ほかにも同じ年ごろの旗本の子弟らが道場に通っていて、ともに剣術に励み親しく交わった。

だが、今ではみな家督を継いでお城勤めに就いたり、養子縁組を結んで別家を継いだり、私塾を開いたり、なかには他家の家臣となって他国に赴《おもむ》いた者もいて、人それぞれの道を歩んでいた。

そんな朋輩の中で、島村欽八郎は龍平と同じ家禄の低い旗本の部屋住みの身で、師範代としてただひとり小野道場に残った。

「己の前に道があるならば、その道をいくまでだ」

島村は龍平が、不浄役人と揶揄《やゆ》される町方のそれも同心の日暮家へ婿入りする話が決まったとき、そう言った。

十代のうちから、道場でも屈指の腕前に達していた。

小野道場の師範代の傍ら、旗本の家を出て橋本町《はしもと》に自らの道場も持ち、今では妻子のいる身でもある。

昨日、龍平は橋本町の島村の元へお目にかかりたい、と使いを出していた。

本日朝四ツ、小野道場にてお待ちいたす、と返事がきた。

二人は昔と変わらず打ち解け、互いの家のことや子供のこと、暮らし向きなどを遠慮なく訊ね合った。

「ところで、用件は御用の筋か」

やがて島村が、笑い顔を収めて言った。

「ふむ。たぶんそうなると思う。島村に剣の指南を受けたいのだ」

「御用の筋で剣の指南を？　試合でもあるのか」

「剣術の試合ではない。町方の捕り物だ。だがたぶん、いや間違いなく、斬り合いになる」

島村はまじまじと龍平を見つめた。

「おれが龍平に剣の指南など無理だ。龍平がおれに指南するなら別だがな」

龍平は笑った。

「龍平がそんな用でわざわざ訪ねてくるのだから、相手は相当の腕だな。どういう相手だ」

「相手のことは訊かないでもらいたい。こみ入った事情があって、話し辛《づら》いのだ。言えることは、その者は小太刀を得意としている。右手でも左手でも過不足なく使いこなし、獣のように俊敏だそうだ」

「小太刀を、二刀使うと？」

「二刀ではない。一刀を左右に持ち変えて使うらしい」

「左右に持ち変えて使う？　見てはいないのか」

「聞いただけだ。しかし、その者が手をかけたと疑われる三つの人斬りがあった。なかには侍もいた。だが、刀を抜く間もなく斬られた。おそらく、使われた得物は小太刀だ」

「地廻りのやくざが喧嘩の際に、匕首を右や左に持ち変えてふり廻す、相手を翻弄するだけの喧嘩技の話は聞いたことがある。しかしそんな姑息《こそく》な喧嘩技で侍に通用するとは思えぬ。三つの人斬りは本当にその者が手をくだしたのか」

　龍平は一度、唇を一文字に結んだ。それから、

「小太刀ではないが、おれの知り合いのある者が、人を斬るところを見たことがある」

　と言った。

「斬首だ。言葉に言い尽くせぬ、見事な斬首だった。役目柄、斬首の場には幾度か立ち会った。あれほど静かな斬首の場を見たのは初めてだ。凄まじい腕前と言っていい。もし、その知り合いが三つの人斬りの手をくだした者だったなら、もし得物に小太刀を使ったのなら、間違いなく、やくざの姑息な喧嘩技ではすむま

い」

「龍平、その知り合いを捕えようとしているのか」

「まだ確かな証拠は見つかっていない。だが、そうなると思う」

「手にあまれば、斬ることになるのだな」

　龍平はゆっくりと頷いた。

「町奉行所にも面目がある。この一件が人々に面白おかしく言い囃《はや》されることを望んではいない。おれ自身、どういう結末になるにせよ、その知り合いを辱《はずかし》めたくはない」

「同じ町方か」

「おれの覚えで言えば、人の世にさまよいこんだ狼のように、凶暴な荒《すさ》んだ心を持つ男だ。それが懸命に這いあがって町方になった。町方ごとき、と思うだろうが、人の生きざまにはいろんな道がある」

　島村は吐息をもらした。

「龍平に説くまでもないが、わが一刀流は心を万象の中心に据え、天地四方へ自在に働かせるのが極意だ。悟れば是非《ぜひ》とも是、迷えば是非ともに非。教えを尽くして教えを離れ、見るままに働き、臨機に創造をする」

そう言って、道場の虚空《こくう》を見やった。

「龍平、その狼は道場の剣術ではおぬしに及ばぬかもしれぬな。だが、原野の凶暴さにおいてはおぬしに勝るかもしれぬ。狼は原野で生き延びるために、臨機応変にせねばならぬ。そのために編み出された小太刀ならば……」

島村が立ちあがって羽織をとった。

「立て、龍平。やってみよう。おれが小太刀を使う。狼役をやる。おぬし、狼の牙を受けてみよ」

「頼む」

龍平はすっくと立ち、島村の壮健な体軀と向き合った。

その夕刻、宮三と寛一は本所亀沢町の岡場所北脇、御竹蔵南側の小堀沿いにある馬場に挟《はさ》まれた菊治郎店《だな》の木戸口にむっつりと佇んでいた。

二人は木戸の立て格子の間から、さりげなく菊治郎店の奥へ目を配っていた。

どぶ板の先、六軒並んだ棟割長屋の向かいに井戸や稲荷の祠《ほこら》が見えている。

さりげなさを装ってはいてもそわそわと落ち着きのない寛一の傍らで、宮三は腕を組み気長に構えているふうだった。

隣の高い板塀に囲われた岡場所から、とき折り、女郎の嬌声《きょうせい》が聞こえた。

「早く出てこねえかな。お父っつぁん、どんな野郎だろう」

寛一が路地奥を見つめ、呟いた。

「天を突く大男だって言うから、出てくりゃあすぐわかるさ。それより寛一、あまりそわそわするんじゃねえ。気づかれねえように用心するんだ」

宮三が寛一を穏やかに諫《いさ》めた。

「今日は相馬の塒を確かめるだけだ。後は旦那の指図に従う」

「大丈夫だよ、抜かりはねえ」

応えながら、寛一の息遣いは気持ちの昂《たか》ぶりで荒くなっていた。

「けど、お父っつぁん。黒羽二重のお伝と相馬は、どういう経緯で仲間になったんだろう。黒羽二重のお伝つったって、正体は南町の……」

ささやく寛一に、宮三は小声でかえした。

「それはまだわからねえ。人と人、出来事と出来事、みなばらばらだ。なぜそうなったのか、肝心のところの意味がつながらねえ。けどな、間違《まちげ》えなくどっかで、何かでひとつにつながっている。妙な一件だ」

寛一は宮三をふりかえった。珍しく親父が困惑している。そういう親父をあまり見たことはなかった。

むろん寛一にも、今度の一件はわけがわからない。

ただわからないはわからないなりに、寛一は人の心の、ひどく淫《みだ》らで黒々とした沈澱《ちんでん》を見せつけられている気がして胸が高鳴っていた。

寛一は、この一件がどこでどう辻褄《つじつま》が合っているのか、そのわけを早く知りたい、と無性に思っていた。

そのとき、棟割長屋の一番奥の戸が、がたがた、と鳴った。

出てきた――路地奥を睨《にら》んで寛一が呟いた。

「うむ」

宮三が後ろで応えた。

「でけえ……」

寛一は思わず声をもらした。

腰高障子が開いて、背中を折ったかと見えるほどに曲げて、三角髷《まげ》の櫓落《やぐらおと》しに結った相撲とりが桶《おけ》を提《さ》げ出てきた。

男が背中を伸ばすと、顔の鼻から上が庇《ひさし》の屋根へ出た。

一重の厚い瞼《まぶた》に頬骨と額がひどく出っ張っていた。

大きな鼻と口元が、少し締《し》まりなく見えたが、それは相馬の気性の穏やかさを表しているのかもしれなかった。

着流した単衣がふくら脛《はぎ》にも届いていなかった。

「あれが相馬か」

宮三はまさに天を突く巨体に息を呑んだ。

相馬は背中をすぼめ、ゆるゆると重々しく、大きな足を井戸端へ運んだ。

そして、子供の玩具《おもちゃ》のように見える桶に井戸の水を入れた。

相馬は木戸口からそうっとのぞく宮三と寛一に、まったく気づかなかった。

桶に水を満たすと、また肩をすぼめ、のそ、のそ、と路地を戻っていく。

宮三と寛一は、束の間、相馬に見惚《みほ》れてわれを忘れていたほどだった。

神さんから授かった身体……伊左衛門の言葉が甦った。

まさに神から力を授かった、神々《こうごう》しいほどの力士だった。

第五話　道《みち》行《ゆき》

一

　三日がたった。

　その夕刻、数寄屋《すきや》橋の南町奉行所から戻った定触役同心司馬中也は、病に臥《ふ》せりがちな義母に帰宅の挨拶《あいさつ》をすませると、居室へ戻り着替えにかかった。

　義母と顔を合わせ言葉を交わすのは、出かける前の朝と帰宅を知らせる夕刻の二度だけである。

　言葉を交わす、と言っても義母は口をほとんど利かない。

　ただ中也を他人として見つめ、仕方なく小さく頷《うなず》くだけであった。

「お加減はいかがですか」

中也が訊《たず》ねても何も応《こた》えず、どこかしら、中也を見るのすら汚《けが》らわしいとさえ思っているふうである。早く部屋から出ていけ、と言わんばかりに。

だとしても、中也は気にかけてはいなかった。

どんな家でもいい。どうしても武家の身分を買ってほしい。

慈修に懇願してようやく得た身分だった。

家人たちとのぬくもりを求めたのではなかった。

ただ望んだ武家が、町方同心の家とは意外であった。

三年前亡くなった南町奉行所同心司馬文四郎《ぶんしろう》は、妙玄寺の僧慈修が示した金額に心を動かされた。

小日向の御家人窪塚家の部屋住みと養子縁組を結ぶ、という体面をつくろえるなら、とそれも司馬の思惑を後押しした。

司馬夫婦は、倅《せがれ》を子供のときに流行《はや》り病で失っていた。

それから子供に恵まれなかった。

親類の子など、養子縁組の話はそれまでに幾つかあったものの、たまたま障《さわ》りがあってどれも話が進まなかった。

夫婦は老いて、同心を退《ひ》くことを考える年になっていた。

養子縁組が上手《うま》くいかず、同心株を売っていずれくる隠居後を穏やかに、と思っていた矢先だった。

いかがわしい筋からきた話だったし、家の中に得体《えたい》の知れぬ他人を住まわすのは不安だった。

けれども、法外な金を得られ、なおかつ、一代抱えであれ町方同心司馬家の家名が残らないよりは残る方がまだよい、と考えた。

それに、長年住み慣れた組屋敷にも住み続けられる。

中也はそれらのことを司馬家に入る前、慈修から聞かされた。

「ひと苦労だったわい」

慈修は恩着せがましく言った。

中也は司馬家と養子縁組を結び、およそ二年、文四郎に従って見習同心を勤め、二十歳の年、文四郎の番代わりで南町奉行所の同心に就《つ》いた。

養子にはなったが、家人ではなかった。

家の中で中也は、養子という司馬家の奉公人にすぎなかった。

司馬家へ入ってからずっと、義父義母と顔を合わすのは朝夕に交わす二度の挨拶のときだけであった。

以前一度、帰宅の挨拶を終えてさがった折り、義母が、

「あの顔に卑しい血筋が見えてどうしても慣れない。気味が悪い」

と、義父にささやいているのを襖《ふすま》ごしに聞いたことがある。

「声が高い。今さら仕方がないではないか」

隠居の身となった義父が言っていた。

中也は薄く笑った。

それしきのことは平気だった。

物心ついてからはるかに辛《つら》い目に遭《あ》ってきた。

これまで自分が堪《た》えてきたことに較べれば、それしきの蔑《さげす》みはむしろ愉快ですらあった。

それに中也は、町方同心の身分を得るまでの歳月の間に、どれほど煩《わずら》わしい物事でもときが解決する、という考えを身につけていた。

己《おのれ》のなすべきことをなすのみだ。あとはときに委《ゆだ》ねれば、よきにつけ悪しきにつけ、ときが物事を変えてしまう。

我慢する……そう言い聞かせて暮らすのだ。

そのとおり我慢していると、義父の文四郎が三年前亡くなった。

名だけではなく実において、中也が司馬家の主になった。

いくら中也を蔑んだとて、義母に何ができるだろう。

着替えをすませ、台所へいった。

下女のおかねが夜食の支度をし、下男の与平は勝手口の外で薪《まき》を割っていた。

「出かける。夜食はいい」

へえ――おかねは流し場から顔だけを向けて言った。

「お供、いたしますべえか」

与平が薪割りの手を止め、勝手口に立って訊《き》いた。

「本所の友のところへいく。供はいらぬ」

本所へ出かける夜は羽織は着けず着流しに、二本を落とし差し、菅笠《すげがさ》を目深《まぶか》にかぶって供もなくひとりで出かける。

おかねも与平も黙って仕事に戻った。

おかねと与平は、去年の春ごろより月に三、四度、多いときで五、六度、毎日続くときもあれば半月ほど開くときもあるが、養子縁組で家督を継いだ若い主人が、勤めから帰った夜、本所の友を訪ねる習慣を承知していた。

しかし、本所のどこに友の屋敷があり名はなんというのか、主人は何も話さなかった。

元々、変わった主人であった。

小柄で、とき折り垣間見るだけだけれども、顔立ちは美しいと言っていいくらいである。

ただ、どこがということはなく儚《はかな》げで、陰鬱《いんうつ》な主人であった。

この屋敷にきたときから、二人はこの若い主人と親しく言葉を交わした覚えさえなかった。

屋敷に戻ってくると、いつも自分の居室に閉じこもり、書物を読むか、裏庭で小太刀の素ぶりをするぐらいである。

南御番所へ見習も含め出仕して八年になるのに、若い主人には訪ねてくる友はいなかったし、友と出かけることもなかった。

つい最近、近所の童子たちが何人か主人を訪ねてきた。

あのとき主人は、まるで同じ童子みたいな笑い顔を見せた。

そんな笑顔を、主人はこれまでおかねや与平に見せたことはなかった。

何年か前から、主人が牢屋敷や刑場での斬首役を自ら進んで務めているという噂《うわさ》は聞いていた。

首斬り中也、という渾名《あだな》を聞いたこともある。

驚きを覚えるのは、首斬り役それより、主人にその務めを果たす胆力が秘められていたことだった。

あの小柄な、なよなよした娘を思わせる痩軀《そうく》のどこに、そんな膂力《りょりょく》が備わっているのか。

以来おかねと与平は、主人に無気味さを覚えるようになった。

中也はおかねと与平に見送られて組屋敷を出た。

日が落ちたばかりのお城のある西の空は、赤い残光に染まっていた。

亀島町河岸通りを霊岸《れいがん》橋へとって、橋の袂《たもと》の河岸場から猪牙《ちょき》に乗った。

猪牙が大川へ滑り出て新大橋をくぐり、両国橋手前を竪川へ漕《こ》ぎ入って、一ッ目之橋の河岸場へ着くころには、夕焼け空はすでに鉛色の夜の帳《とばり》に包まれ始めている。

本所菊川のあの雨の夜以来、もう十数日がたった。

用心をしたわけではないけれど、銅《あかがね》の勘右衛門の仕かえしがあるかもしれず、それが煩《わずら》わしかった。

ここ何日か、こみあげる気持ちを抑えていたが、中也はお伝に会いたくてならなかった。

勘右衛門の仕かえしなど、恐れるに足りぬ。今宵は出かける。お伝に会いにいくのだ。

朝から決めていた。

猪牙をおりた足どりが軽い。

首斬り役を初めて務めたのは三年前、義父が亡くなった直後だった。首斬り役は若い同心の務めである。

刀の研《と》ぎ代が二分《にぶ》くだされる。

「生きた人とは思わぬことだ。打ち損じは罪人が七転八倒する。後の始末が厄介だからな。気をつけろよ」

組頭の同心が、中也の小柄な痩軀を気遣った。

あんた大丈夫か。できねえなら人に頼むという手もあるんだぜ。

介錯人、首斬り役、試し斬りを生業《なりわい》にする侍がいた。

侍は刀の試し斬りを頼まれており、謝礼がそちらから出るので、研ぎ代はそのまま同心の物になる。しかし、

「お任《まか》せください」

と、中也は笑って言った。

その笑みが、後々《首斬り中也》と渾名される所以《ゆえん》になった。

「司馬は首斬りを、やりたがっていやがる」

そう言い触らす者が後に出た。

自ら進んで首斬り役を望んだことはなかった。

けれども義父が亡くなり煩わしい重しがとれ、中也の心の奥底に隠れていた渇きが鎌首《かまくび》をもたげたことも確かだった。

何に渇いているのか中也自身にもわからない、怒りに似た渇きだった。

人へのわけのわからない憎しみ、と言っていい。

渇きを癒す必要があった。

しかし、心の中でしか人を斬ったことはなかった。

刑場は小塚原、日本橋の商家で押しこみを働いた初老の盗賊だった。

髷《まげ》に白い物が交じっていた見覚えが、残っている。

一瞬のうちにそれはすんだ。罪人には声もあげさせなかった。血は噴いたが打ち損じて血が飛び散ることはなかった。

少し張りつめただけで、思っていたより容易《たやす》い役目だった。

検視《けんし》役の与力と同心が、中也を呆然と見つめていた。

小柄で娘を思わせるなよなよとした風貌の中也が、それほどの腕前とは思いもしなかったのだろう。

確かに、渇きは少し癒された。

けれども、こんなものか――中也は思った。

こんなものでは物足りない。

癒しを得られなかった。

本所松坂町を抜け、武家地の通りを亀沢町へとった。

亀沢町は二ツ目通りを北へとって、御竹蔵南脇の馬場を隔てた一画にある。

岡場所がある。

木戸をくぐり、菊次郎店のどぶ板を鳴らした。

井戸と稲荷の祠《ほこら》をすぎて、六軒続きの棟割長屋の奥端だった。

日はとっぷりと暮れて、月が東の空に懸《か》かっていた。

どの家も表の腰高障子を一尺《しやく》（約三〇センチ）ほどすかし、夏の夜の涼をとりこんでいる。

このあたりの裏店《うらだな》に住む者が、きちんとした人別を揃《そろ》えていることはない。

たいていは家主が拵《こしら》える仮人別か、人別すらなかった。

生国はどこそこで名は誰それ、仕事は……

人別はそのうちとり寄せると言うのであれば、家主にはふり売りであれ行商であれ職人であれ、手間賃を稼いで店賃を払う者が住んでいた方が、地主から任された裏店を空家にしているよりはましだった。

町方が見廻りにくるのは、自身番までである。

うるさく詮議したりはしない。

ご法度《はつと》の岡場所ですら、見逃しているのだ。

町内の裏店に誰が住もうが、みな気にかけたりはしない。

江戸は他国者《よそ》の掃き溜めなのだ。

たとえ、六尺六寸（約二メートル）を超える大男の相撲とりでも、回向院の周りに相撲部屋が多く、相撲とりをよく見かけるここら辺の町内ではなおさらだった。

その相撲とりを訪ねて誰が出入りしようが、である。

中也は六軒続きの棟割長屋の、奥の腰高障子を開けた。

狭い台所の土間にかがんで、相馬が竈《かまど》の火を眺《なが》めていた。

「やあ」

「うん」

相馬と中也は言葉少なく、笑みを交わした。

竈には鍋が架けられ、焚《た》き木の煙と味噌汁《みそしる》の匂いが家の中にこもっていた。

箱膳が三畳の板敷に置いてあり、皿に漬物と豆腐が並べられ、冷や飯の飯櫃《めしびつ》が横に見える。

蠅《はえ》が音をたてて箱膳の周りを飛んでいた。

「夜食はまだだね。稲荷を買ってきた」

中也は相生町で買った稲荷鮨の竹皮包みを、板敷に置いた。

相馬が顔をほころばせた。

それから箱膳の蠅を追いつつ言った。

「いつもすまねえ」

中也は頷き、勝手に板敷へあがった。

板敷続きに四畳半があって、仕きりの障子戸が開いている。

四畳半へ入り、障子戸を後ろ手に閉めた。

四畳半の角行灯《かくあんどん》に明かりがぼうっと灯り、障子を薄く照らしたのを確かめてから、相馬は竈の火に戻った。

鍋の蓋《ふた》をとって木杓《きじやく》でかき廻し、味噌汁の温まり具合を確かめた。

四畳半の衣擦《きぬず》れの音を聞きながら、「いいころだ」と呟いた。

湯鍋に作っておいた冷たい麦茶を、二つの茶碗に淹《い》れて板敷へ置いた。

中也は何も食べず、茶を喫するか、希《まれ》に酒を飲むだけである。

相馬の暮らしに贅沢な茶は不似合いだが、中也がいつきても喫することができるように茶葉と、酒だけは用意している。

相馬は稲荷鮨の包みを解いた。

甘酢の飯に甘辛い醬油《しようゆ》汁で煮染《にし》めた稲荷鮨の、いい匂いがした。

稲荷鮨は飯の菜《さい》になる。

大根の浅漬、醬油を少し垂《た》らした豆腐、味噌汁。

醬油は昔、高価な調味料で庶民は塩か酢だったが、近ごろはようやく江戸庶民も醬油が使えるようになった。

高価な下り醬油は薄口で、江戸庶民の好みは濃い口だった。

菜がないときは、白い飯に醬油をまぶして食う。

それでもたらふく飯が食えれば、相馬は満足だった。

四畳半の衣擦れの音が続いていた。

かた、かた、と鏡立てが鳴り、白粉《おしろい》を塗り、紅を刷《は》いている音がした。

相馬は飛び廻る蠅を、団扇《うちわ》のような手で追った。

二

相馬が中也と廻《めぐ》り合ったのは、一年半前だった。

横十間川に架かる旅所橋の袂下《たもとした》の川縁《かわべり》だった。

相馬は腹を空かし座りこんでいた。

帷子《かたびら》の上に着古した布子《ぬのこ》一枚、素足に破れ草履《ぞうり》が晩冬の寒空に辛かった。

金はとうに使い果たし、帰る家もゆくあてもなかった。

回向院裏大徳院門前町の年寄伊左衛門の相撲部屋を逃げ出して、足かけ八年目の年の瀬だった。

巨体と怪力を生かし、荷車押し、樽転《たるころ》、小揚人足、軽子《かるこ》、沖仲仕などの人足の仕事に就いた。それから材木屋、瓦屋《かわらや》、石屋、下肥汲《しもごえく》み、と替わり、どの仕事も雇い人や仲間らと上手く付き合えず、長くは続かなかった。

両国広小路の地廻りの使い走りをやり、賭場の胴取りの手下になり賭場の用心棒役、やくざな金貸の借金のとりたて、やくざ同士の喧嘩の助っ人にも何度かかり出された。

そういう乱暴な役廻りでは、みな相馬の巨体を見あげて怯《おび》えたけれど、どの仕事も子供のころから泣き虫だった相馬の性に合わなかった。

ある日、深川のやくざの喧嘩で助っ人に雇われ、ひとりを叩き殺してしまったことがある。

幸い見た者がおらず町方に追われることはなかったが、以来、そういう仕事も恐くてできなくなった。

相馬は、人を痛めつけたり、怪我を負わせたり、いがみ合ったりするのが苦手だった。

胸がどんどんと鳴り始める。

身体はでかく力が百人力でも、肝っ玉が役たたずだった。

一銭もなく腹がへって困り果て、六間堀で物乞いをやった。

ところが、物乞いには物乞いの縄張りがあって、石を投げられ追われた。

何をやっても上手くいかず、ただときだけが空しくすぎ去った。

足かけ八年がたっていた。

そのとき横十間川の川縁で相馬は、どう生きればいいのか途方にくれていた。相撲とりになって金を稼ぎ、おっとうとおっかあに新しい魚屋を建ててやる約束は果たせなかった。

相馬が相撲部屋を逃げ出し住む家も定まらぬ暮らしを続けている間に、おっとうとおっかあは亡くなってしまった。

神田明神下金沢町の魚屋は店を閉じ、散りぢりになった兄弟とも縁がきれていた。相馬は孤独だった。いっそこのまま、横十間川に身を投げてしまおうかと、緑色の川面をぼんやりと眺めていたときだった。

白衣《びやくえ》に黒羽織の町方役人が、川縁を歩いてきた。

相馬は腹がへっていたし、怖気《おじけ》づいて動けなかった。

「神田明神下の魚屋の、相馬だね」

意外にも役人が笑みを浮かべて言った。

「わたしを覚えているか。妙玄寺の輝川だ」

相馬は呆然と役人を見あげ、近所の清道館という剣道場に通っていた谷中妙玄寺の寺小姓だった輝川の顔を思い出した。

相馬が相撲部屋に入門して間もないころ、相撲の稽古が休みになると、明神下の親元に己の勇姿を見せに帰った。

親がご近所に、相撲とりになった自分を自慢に思ってくれているのが嬉しかったのだ。

輝川とは明神下の通りでいき合った。

一方はその大きさに啞然とし、一方はその秀麗な若衆にうっとりとした。

それから笑みを交わしたが、どちらから言葉をかけたかもう思い出せないくらい遠い昔のことに思えた。

言葉を交わしただけで、二人はたちまち意気に感じた。

相馬は十六歳、輝川は十五歳。人並からはずれた孤独な者同士、心底に魅《ひ》かれ合うものがあったのかもしれなかった。

神田明神の境内で、二人は日が暮れるまで話し合っても飽きなかった。

相馬は大関になる夢を語った。

輝川は剣術を身につけ、必ず侍になると望みを語っていた。

相馬が相撲部屋を逃げ出して行方知れずになった十八の年まで、幾度か神田明神で互いの行く末を語り合った、それだけの仲であった。

しかし二人は互いを忘れてはいなかった。

横十間川の川縁で相馬は輝川を見あげ、拵えに目を丸くした。

「き、輝川、輝川でねえか」

「今は司馬中也という名だ。このとおり、二本差しの身分になった。この辺に用があってね。旅所橋から相馬が見えて驚いた」

「凄《すげ》えな。町方に、お役人さまになったのけ」

紺看板の中間《ちゆうげん》をともなっているらしく、橋の袂で中間が待っていた。

「南町奉行所の同心だ。相馬はどうしていた。どこでどうやって生きていた」

相馬は輝川の足元に座ったまま、手の甲で顔を拭《ぬぐ》い、おらあ、おらあ……と咽《むせ》び泣いた。

輝川が肉の盛りあがった肩に手を置いた。

「困っているのだな。ならもう大丈夫だ。わたしに任《まか》せろ。暮らしのたつようにしてやる」

あれから相馬は、亀沢町のこの裏店に雨露をしのぐ住まいを与えられた。

思う存分飯にありつく暮らしができた。

かかりは一切、輝川こと司馬中也が面倒を見てくれた。

いき迷って死んでもいいと捨鉢《すてばち》になっていた相馬にとって、中也はまさに命の恩人だった。

「おら、中也さんにこの恩をどうやってかえしたらいいか、わからねえ」

ある日、相馬は中也に言った。

「相馬はわたしの友だ。友でさえいてくれればそれでいいのだ」

中也は相馬に応えた。

「そうだ。相馬にはいつか、わたしの産みの母を引き合わせよう。事情があってわたしを育てられなかったが、優しい母だ。きっと母も、相馬のことを気に入ると思うよ」

中也はそうも言ったのだった。

相馬は産みの母と聞いて意外に思ったが、中也の言葉を疑わなかった。

けれども……相馬は忘れられない。

あれは中也の世話になって三月《みつき》ばかりがたった、春の終わりだった。

中也が亀沢町の裏店へ訪ねてきた。そして、

「今日は、母に会わせるからね。のぞいちゃあいけないよ」

と言い、四畳半に姿を隠した。

相馬はどういうことなのかと戸惑い、訝《いぶか》しく事の成りゆきを見守った。

やがて、吹輪《ふきわ》に結った羽二重の鬘《かつら》へ手拭を吹き流し、黒羽二重の小袖に菱垣《ひしがき》模様の紗綾《さや》の帯をだらりに締めた中也が姿を見せたとき、相馬は震える身体を抑えられなかった。

白粉の中に唇の紅が潤んで光り、それはせつないほどに美しい黒羽二重のお伝との初めての出会いであった。

相馬は、中也が心の中に相馬の考えも及ばない大きな屈託を抱いていて、その屈託に抗《あらが》いあがき自ら傷つき苦しんでいる心底に触れたことを知った。

そうだったのか、と相馬は思った。

中也は相馬に艶《つや》やかに笑いかけ、

「たとえ、誰に訊かれようとも、今日わたしと会ったことを話してはいけない。どんなに些細なことでも決して。いいね」

と、念を押した。

「いいとも。誰にも金輪際《こんりんざい》話さねえ」

相馬は応え、そして、言いようのない愛おしさを中也に覚えたのだった。

「お客さんが待っているのでね。あたしはいかなきゃならないのさ」

中也は嫣然《えんぜん》と言った。

裏店を出た中也の後に、相馬は黙って従った。

くるなと言われても相馬はついてゆくつもりだった。

たとえ中也のゆく道が地獄の果てにつながっていようとも、それは黒羽二重のお伝と相馬の、汚れなき道行きだった。

おらがあんたを、どんなことがあっても守ってやる。それがおらの、せめてもの恩がえしだ。

相馬は自らに固く誓ったのだった。

その夜更けから、黒羽二重のお伝と巨漢の相撲とりの二人連れが、竪川筋をさまよい歩く姿が見られるようになった。

そして、一年半がまたたく間にすぎた。

今年の春の、夜桜がはらはらと舞い落ちる宵《よい》だった。

「あたしの大事な倅をね、困らせるやつらがいるのだよ。倅がね、立派なお武家に出世したことを妬《ねた》んでさ」

お伝が花吹雪の堤道を歩きながら、言った。

相馬は花吹雪の中の、儚げなお伝の背中に応えた。

「お伝さんの倅は、おらの命の恩人だ。たったひとりの友だ。友を困らせるやつは、おらが許さねえ」

「そんなやつらが二度と邪《よこしま》な考えを起こせないように、倅に悪さを仕かけないようにあたしがお灸《きゅう》をすえてやるのを、相馬、手伝ってくれるかい」

「任せろ。おらの身も心も全部お伝さんのものだ」

そうしてそれが、始まったのだった。

地獄の果てまで、と思ったときから相馬は生まれ変わっていた。古い自分の抜け殻と一緒に、臆病風は捨ててきたのだった。自分を捨てたら、自分に何ができるかがわかってきた。惜しいことをした。今なら自分は本物の大関になれるのに。身体に力が漲《みなぎ》って、相馬はそんな気がしてならなかった。

一年半なんて夢の間だ、と相馬は稲荷鮨を頰張りながら思った。

四畳半の明かりが消えて、障子戸が開いた。

黒羽二重のお伝が、素足を板敷に滑らせた。

「やあ、お伝さん。今夜も綺麗だ」

相馬は箸《はし》を止め、宵の薄暗がりの中で笑いかけた。

「ありがとう。倅も綺麗だと、褒《ほ》めてくれる」

「仕事の前に冷えた麦茶でも飲んで、ゆっくりしてくれ。おら、その間に大急ぎで飯をすませる」

「ありがとう。けど、あたしひとりで大丈夫だよ。ゆっくり食いな」

「お伝さんをひとりでいかせるわけには、いかねえ。そんなことをしたら中也さんに叱られる」

「そうかい。世話をかけるね」

お伝が言った。

三

御竹蔵東の裏門から、南割下水の南側堤を東へとった。

南割下水の南北両側に、武家の小屋敷が土塀に板塀、なかには粗末な垣根を列《つら》ね、夜空高くのぼった丸い月は、入り堀の水面《みなも》に浮かんでいた。

この道を真っ直《ます》ぐいけば、横《よこ》川に架かる北中之橋あたりに出る。

黒羽二重のお伝と相撲とりの相馬にはいき慣れた堀端の道で、途中に辻番がいくつかあって、以前は「胡乱《うろん》なやつ」と呼び止められたが、近ごろでは二人の奇妙な道行をとがめる番士はいなくなった。

お伝は吹き流しの手拭に茣蓙《ござ》を小脇に挟んで、相馬は手拭を男かぶりにしておよそ六、七間（約一〇～一二メートル）後ろに従っている。

あたりは夜の褥《しとね》が覆《おお》い、月明かりと辻番の遠いかすかな灯火《ともしび》、そしてふわふわと飛び交う螢《ほたる》の光が、お伝と相馬のたどる野辺を照らしていた。

津軽《つがる》家上屋敷の土塀脇を通り、さらに三町（約三二七メートル）ほどをすぎて三ツ目通りを越えたあたりから、入り堀の北側に南本所三笠《みかさ》町の町地が始まる。町も寝静まっている刻限である。

横川西堤にある時の鐘が、夜の四ツ（午後十時頃）を報《しら》せた後だった。

だが三笠町一丁目の東側と二丁目の西側一画には岡場所があって、岡場所の入り口木戸だけは提灯《ちょうちん》のほの明かりがさがっていた。

岡場所の塀の向こうから艶めいた女の笑い声が聞こえ、夜道のどこかで野良犬が吠えた。

南側堤から北側の岡場所へ渡る久方《ひさかた》橋が南割下水に架かっていた。

お伝と相馬は、久方橋北詰めの岡場所の灯を見やりつつ橋の袂をすぎる。半町（約五五メートル）もいけば入り堀向こうは長岡町《ながおか》、そして横川堤の長崎《ながさき》町である。

その町の灯が、夜更けの彼方にちらほら浮かんでいる。

けれども二人のゆく手はまだ、淡《あわ》あわとして青白い螢の光が舞う暗い野辺の道だった。

お伝がゆるやかな歩みを、そのとき止めた。

相馬はお伝の細い背中が、ふと止まったのを認め、武家屋敷の板塀から道にまで延びた月明かりの木陰へ巨体をくらませた。

お伝が堀端へじっと顔を向けている。

客を拾ったなら少し離れて息をひそめ、夜空の星を眺める。

相馬はいつも、そうしていた。

堀端にかがんでいる人影が認められた。

お伝の草履の音が、ひたひたと人影へ歩み始めた。

相馬は、ふと、訝しく思った。

客なら、何か言うはずだが……

その刹那《せつな》、道の後ろの暗がりで何かが蠢《うごめ》くのに気づいた。

野良犬か、と相馬は思った。

お伝は堀端にかがんで水面に映る月を眺めている人影へ、足音を忍ばせた。

人影は背中を向けて、じっと動かなかった。

手拭で男かぶりをしていたが、侍だった。

腰の黒鞘が、月明かりを跳ねかえしている。

けれども、侍の丸い背中がさきほどからお伝の様子をうかがっていることは知れていた。

客ではなかった。

この人はあたしをいかせる気はない、とそれもわかった。

「お客さん、冗談は止してくださいな。あたしに何か、恨みでも……」

お伝はかがんだままの影に言った。

「遺恨など、ありはしないさ。ただある人にちょいと用があってな。ここで水に映る月を眺めながら待っていた」

影が応えた。

「月を眺めていたにしては、ずいぶん物騒じゃありませんか。あたしが久方橋から歩いてくる間、お客さんの剣呑《けんのん》な気配が流れてきて、ちくちくと刺《さ》されましたよ。あたしが黙って通りすぎたら、後ろからばっさり斬《き》られるのじゃないかと、本当に恐かったんですから」

「気配をか。凄《すご》いな。夜鷹とは思えぬ。しかしそれは違うぞ」

かがんだ影が、男かぶりの顔だけを背後のお伝へ廻した。

月光が、侍の顔を手拭の影で包んでいた。

お伝が、ほっ、と微笑《ほほえ》んだ。

「剣呑な気配は、はるか向こうを歩いていたときからあんたが周囲にまき散らしていたのだ。わたしはあんたの剣呑な気配に用心したまでさ」

侍が堀端に立ちあがった。

侍の背丈はおよそ五尺七寸から八寸（約一七一～一七四センチ）の間。五尺五寸のお伝を少し見おろす恰好《かっこう》になった。

羽織はなく、単衣《ひとえ》の涼しげな長着を裾端折《すそはしょ》りにし、紺足袋《こんたび》に草鞋《わらじ》だった。

「待ち人が、早くお見えになるとようござんすね。では、あたしはこれで」

お伝は科《しな》を作って、小腰をかがめた。

「まだいいではないか、黒羽二重のお伝。あんたと会うのは二度目だ。もう少し話していけ」

「お侍さん、どこかでお会いしましたっけ」

「半月前の両国川開きの夜、向こう両国の雑踏の中であんたと目が合った。いい女だなと、胸がときめいた」

「お上手だこと。思い出しました。あのとき、手際よく酔っ払いを鎮《しず》めていらっしゃったお役人さんですね」

「覚えていてくれたかい。後で知ったよ。本所のこのあたりでは名の知られた黒羽二重のお伝だとな。あそこにいる用心棒の相撲とりは、相馬だな」

男かぶりの影が、離れた塀際の木陰の闇へ向いた。

「ということは、あたしがなんで稼いでいるかもご存じですね。たとえお役人さんでも、お代は二十八文、いただきますよ」

「お伝ほどの夜鷹が二十八文とは、安いな」

影が一歩二歩と踏み出した。

お伝は、青白い月明かりに照らされた笑みを消さず、動きもしなかった。

螢が二人の周囲に、夢幻の光を舞わせていた。

「お伝、訊きたいことがある」

お伝は白く優美な手を暗がりに遊ばせ、螢の光をふわりと掌《て》に包んだ。包んだ掌を開くと、か細い明かりが灯っては消え、消えては灯った。

儚い……とお伝は呟き、それから言った。

「何をお訊きになりたいんです」

「あんたが、倅のためにやったことをだ」

「倅のためにあたしが何をやったって、仰るんです？」

「湯島切通しで尾嶋健道と三谷由之助、横十間川の亀戸村堤で慈修、薬研堀で黒河紀重と従者、みなあんたが倅のために斬ったのだろう。その経緯《いきさつ》と事情を聞かせてくれないか」

お伝は螢を暗がりへ逃がした。そして、

「あたしが斬ったですって？　何を証《あかし》にそんな物騒な……」

と、凄艶とした笑みを、影へ向けた。

「お伝、あんたしかいないのだ。その莫蓙に隠した小太刀でな」

影は言い、男かぶりの手拭をとった。

月の斜光が侍の顔に、愁《うれ》いを湛《たた》える陰影を描いた。

「あんたが白ばっくれるなら、倅に話を聞くしかあるまいな。司馬さん、司馬中也さん。いい加減に出てきたらどうだ。あんたに御用だ。これ以上、無駄はよそう」

するとお伝は笑みを消し、片手で顔を覆い憂鬱《ゆううつ》そうにうな垂れた。

そうして沈黙の殻《から》をまとった。

息苦しげな沈黙の中で、ふと、殻が小刻みに震え始めた。

それから、息苦しげな吐息がもれた。

だがそれは吐息ではなく、お伝が笑い声を殺しているのだった。

お伝は肩をゆらし、笑い声を嚙《か》み殺しつつ顔をあげた。

ほほ、ほほほ……

やがて、甲高《かんだか》い笑い声を堀端に振りまいた。

ふたたび科を作って、ご冗談を、とでも言いたげに手をふって見せた。

「お役人さん、話せば長いんです。あまり倅を、困らせるのはよしてくださいな。倅を困らせるやつは、あたしが許しませんよ」

お伝は、ざわ、と草履を鳴らし、真っ直ぐ前を見てゆるゆると歩み始めた。

「ようござんす。お役人さんだけに話してあげましょう。悪いのは向こうの方なんです。斬られても仕方のない男たちばかりだった。だから斬った。それだけですよ」

　歩きながら、お伝は話し始めた。

「初めは尾嶋と三谷が倅のところへきましてね。あたしが元羽織で、女郎もやっていたことや、倅が妙玄寺の寺小姓の生いたちから侍の身分を買ってもらったなどとばらされたくなかったら、金を寄こせと強請《ゆす》ったんです。倅は町方のお役人です。お役人を強請るなんて聞いたことがありません。お灸をすえてやるしか、ないじゃありませんか」

　お伝の周りを螢が輪を描いている。

「お金を作るから来月まで待ってほしいと言いました。それで四月のあの日になったんです。人目につかないところで、って言ったら、湯島天神の女坂で夜の五ツ（午後八時頃）を指定したのは向こうだった。お灸をすえられるなんて考えもしていない。無用心で頭の悪い男たちでした」

　お伝はまた甲高く笑った。

「切通し坂の町家が途ぎれたあたりででした。人気《ひとけ》がないのを見計らって先に尾嶋を斬った。そしたら三谷は刀も抜かず、不甲斐なく逃げたんです。悲鳴をあげてね。それを後ろからばっさりと。薪《まき》を割るより簡単でした。座頭が通りかかったのは困りましたけれど。あれでも侍なんですから笑わせる」

歩みを止めないお伝を追って、相馬が塀際の暗がりに忍び足を運んでいる。

「慈修は倅のために、侍の身分を買ってくれたのではないのか」

堀端の影が、お伝と歩調を合わせつつ言った。

「あの坊主は、あたしの可愛い倅を十年以上慰《なぐさ》み者にし弄《もてあそ》んだんだ。あたしは一日だって慈修を憎まない日はなかった。十二年、十二年もあの子は我慢してきたんですよ。弱い者をいたぶって悦《よろこ》ぶ妙な癖のある男でね。あの子の心はあいつのお陰で、人への憎しみでいっぱいになった。だからあの子は坊主を……」

「だから憎しみを癒《いや》すために、倅は首斬り役を自ら進んでやったのだな。だが憎しみは、首斬り役では癒せなかったのだな」

お伝は歩みを止めた。

そして苦しげに、悲しげに、眼差しを虚空にさまよわせた。

支えを失ったかのように、お伝の身体はゆれていた。

四

立ち止まった龍平は、手拭を帯にしゅっと挟《はさ》んだ。

数間の道幅を隔てて佇《たたず》んだ司馬中也の、虚空にさまよう目が痛々しかった。

「続けてくれ」

龍平は低く言った。

中也は、お伝が倅を庇《かば》うかのように続けた。

「首斬り役で、憎しみは癒せなかった。だからあの子は、あたしのところへきたんです。本当は心の優しい、いい子なんですから。あたしが癒してあげるしかないじゃないですか。あたしがいたから、あの子は堪えられたんです」

中也は莫蓙を解き、それを道に捨てた。

手には仕こみの小太刀が握られていて、月明かりに黒鞘がきらめいた。

「あたしの倅に戻ることで今の憎しみが癒されていたのに、あの二人が現れて台無しにした……」

小太刀に頬をすり寄せ、呟いた。

「尾嶋と三谷が現れたとき、誰も斬りたくはなかった。誰も斬るつもりはなかった。そのとき尾嶋と三谷はあの子に、父親が旗本の黒河紀重で、黒河は芸者の血筋が一門に列《つら》なるのを恥じ、手ぎれ金を渡して一切かかわりがないことにしたと教えたんです。おまえは侍などではなく、父親にも母親にも捨てられた子なのだと。慈修ですら、それだけは言わなかったのに」

中也は薄笑いを浮かべた。

「でもね、そんなことだろうと、だいたい察していましたよ。聞きたくも知りたくもなかったから調べなかっただけなんです。ようやく手に入れた侍の身分を保つのに、精いっぱいだった。すぎた昔のことなんてかまっていられなかった」

「倅は黒河に会いにいったな。すぎた昔をかまいにいったのか」

「間違いでした。恨み言を言いたかったのでも、嘘《うそ》と真《まこと》を知りたかったのでもありません。嘘だろうと真だろうと世の中、たいして変わりはしませんもの。ただね、父親の顔を一度だけ、見ておきたかったんです。父と子として顔を合わせ、息災か、と少しだけ話ができればそれでよかった。もう二度と会うつもりはなかった」

中也は、小太刀を左にだらりと提げ、道の半ばへ踏み出した。

銀色の月光が、中也を包んでいた。

「屋敷にいってもとり次ぎさえされないから、ある日、道の途中で待ち伏せたんです、黒河を。なのに黒河は己《おのれ》の子に、おまえなど知らぬ、迷惑だと喚き、薄汚いやつ、今さら名乗りをあげて金をむしりにきたか、卑しい芸者の血は争えん、と罵声を浴びせたんです」

ほほ……と、中也は笑い声を響かせた。

「驚きましたよ。この男は倅にとっていったいなんなのだと、思いましたよ」

「黒河を、父親を恨んだのだな」

「恨んだなんて、そんな軟《やわ》なことじゃありませんて。あの子は、侍の身分を保つのに精いっぱいだったと言ったでしょう。だから黒河から罵倒されたとき、今の自分を守るためにすぎた昔を消しておかなきゃあいけないって、わかったんです。尾嶋と三谷、慈修と黒河。全部綺麗に始末しておかないと、尾嶋と三谷だけじゃあ、また誰かが自分を困らせにくるかもしれないって」

「尾嶋と三谷の次が慈修だな。慈修は、どうやって誘い出した」

「簡単ですよ。あの子に代わって、尊師さまのことが懐かしくて忘れられません。旅所橋の近くに宿があります。今夜四ツ、宿でお待ちします、と相馬に手紙を持たせたら、慈修はちゃんときましたよ。旅所橋であたしと会ったとき満面に笑みを浮かべましてね。なんにも疑わずにあたしについてきて。亀戸村の堤道で、安楽に冥土へ送ってあげました」

それから——と中也は、両国川開きの夜の薬研堀で黒河紀重と従者を斬った顚《てん》末《まつ》を語った。

「誰も彼も、みな口では偉そうなのに、他愛《たわい》もなく」

「己の過去を始末して、何が残った」

「何が残ったか、お役人さん、お好きにお考えなさい」

「考えるまでもない。黒羽二重のお伝がここにいるわけがその答えだ。それが今、わかった」

中也は、妖艶な笑みを浮かべ龍平を見つめた。

「司馬さん、一年前、あんたは豊島村へ母親のお伝に会いにいった。なぜ、自分を捨てた母親に会いにいった。母親に会って、己を確かめ、己を捨てた母親の罪を許したかったからだろう。母親を許せれば、己が憎んだ人も、世間も、何もかもが許せると思ったからだろう」

中也は目を落とし、吹き流しに隠れたほつれ髪を指先で梳《す》いた。

「お伝はすでに病で死んでいた。司馬さん、黒羽二重のお伝はいないのだ。もう死んだのだ。なのにあんたは、死んだお伝にすがって生きた」

「知ったふうなことを。お役人さんは人の生き死にの何を知ってるって、言うんです」

かちり、と中也が小太刀の鯉口《こいぐち》をきった。

ざわ、ざわ、と堀端の龍平との間をつめ始めた。

「司馬さん、気の毒だがあんたを捕えねばならない。これがしがない町方役人のわたしの役目だ。だが死んだお伝は、これ以上、何を斬るつもりだ」

龍平は左へ廻ろうと計った。

すると中也は右へ動き、龍平の歩みを阻んだ。

中也はじりじりと間をつめつつ小太刀を頭上へかざし、鞘を静かに払った。

白刃が月下に照り映えた。

「日暮さん、あなたとは一度お手合わせしたかった。望みがかないました」

言葉とは裏腹に、中也の唇はかすかに震えていた。

中也が黒鞘を、からから、と道へ捨てた。そして黒羽二重の裾を蹴《け》り、草履を脱いで裸足になった。

「そうか、いいだろう」

龍平は腰に力を溜め、柄《つか》を握った。

鯉口をきり、押し出すように抜刀した。

中也が右手一本で小太刀を眼前にかざした。

龍平は上段に変えた。

無造作に前へ踏みこんだ。

両者の間はたちまち一間《けん》（約一・八メートル）をきった。

そのとき、立ちあがった相馬の太い左腕にくるくると縄が絡まった。

ふりかえると、堀端の道に黒い影が群がっていた。

「相馬、御用だ」

影の群れから声が飛んだ。

「くそうっ。放せえっ」

相馬は喚き、縄の絡まる腕を引っ張った。

縄をつかんだ捕り方が、黒い影の間からずるずると引き出されてくる。

ひゅん、ひゅん、と縄が飛んで相馬の巨体に絡みついた。

「邪魔するなあっ」
相馬は影の群れを蹴散らすべく、突進を図った。
と、太い首に後ろからの縄がくるくると巻きついた。
首を締めつけられ、相馬の巨体が仰《の》け反《ぞ》った。
があああ……
獣の声を発し、ふり向いた道をいつの間にか御用提灯がふさいでいた。
その御用提灯の向こうの道で、お伝が人影と白刃を交わしていた。
月明かりが二人を皓々《こうこう》と照らしている。
「お、お伝さん」
相馬は叫んだ。
逃げろ……言いたかったが、投げ縄に喉を締めつけられ声が出なかった。
右手で縄をつかみ、片手一本で縄をたぐった。
左手は投げ縄が絡みつき、自由が利かなかった。
相馬が片手一本でたぐり寄せた縄をつかんでいたのは、石塚だった。
大柄な石塚でさえ、相馬と較べれば小僧のように細く小さく見えた。
怪力に引きずられ、石塚の草鞋が地面をこすった。

その間も、新しい投げ縄が前と後ろより飛び交う虫のように相馬へ次々と飛びかかった。

足首に絡みついた縄もある。

相馬は四肢《しし》を踏ん張り倒れなかったが、次第に自由を奪われていった。

前にも後ろにも進めなかった。

「相馬、これまでだ。観念しろ」

石塚が喚いた。

「おらの邪魔するなあっ」

己のことよりお伝の身の上が気がかりだった。

相馬は獣のように吠え抗ったが、縄を絡みつかせた捕り方が相馬の周りをぐるぐると廻り始めた。

腕を持ちあげると、絡みついた縄がぶつぶつと音をたててきれた。

しかし、足に絡んだ縄が相馬の均衡を奪った。

ついに相馬の巨体がよろめいた。

「それえっ」

捕り方はわあわあと声をあげ、前に走り後ろに走って相馬をゆさぶった。

相馬はよろめきながらも堪え、そのとき、入り堀の黒い水面に映る月を見つけたのだった。

相馬は、身体中に絡みついた縄を引きずり月を目がけて飛びこんだ。

五

先に打ちこんだのは龍平だった。

ぶうん、と上段からの打ちこみが斬ったのは、白刃の下へ身体を俊敏にくぐらせた中也が、虚空に残した吹き流しの手拭だけだった。

踏みこんだ中也の小太刀が、半弧を描いて龍平の小手へ襲いかかる。

龍平は紙一重の差で身体を左へ逃がした。

刃は龍平の単衣の袖をきり裂いて、ほんの小手調べと言わんばかりに引き戻されていく。

その早さが、龍平に引きに乗ずる攻撃を許さなかった。

逃がした身体を、かろうじてたてなおす余裕しかなかった。

その刹那、中也はすでに小太刀を左へ持ち変えていた。

龍平には見えなかった。

予期せぬ方角から、首筋に二の太刀を浴びた。

ひゅうん、と刃が耳元でうなる。

龍平は身体をかしがせた。

咄嗟《とっさ》の動きだった。

堀端の道を転がる、それしかなかった。

首筋をうなりをあげる刃がかすめ、虚空に閃光《せんこう》を放つ。

身体を路上へ一回転させた龍平は、懸命に片膝立った。

ひゅうん、と舞い戻る三の太刀が額をかすめるのを、今度は大きく身体を仰け反らせて避《よ》けた。

旋回する刀が月光に光った刹那、またくる、とわかった。

途端、四打目が肩口に襲いかかる。

早い。

しかし龍平は身体を仰け反らせ、がん、と刀を身体に添わせ受け止めた。

肩口の単衣が裂け、刃が一瞬皮膚を走ったのが感じられた。

痛みは感じなかった。

中也の重みが左の一刀を通して伸《の》しかかってくる。
刃と刃が鋼の牙を剝き、悲鳴をあげて滑り、龍平の鍔《つば》を嚙んだ。
重い。
次だ——龍平はそれがわかった。
龍平は膂力をこめた。
うおお……
龍平が叫び、中也はきりきりと歯を食いしばった。
中也の刃を満身の力で突きあげると、中也が一歩後退した。
同時に地を蹴った。
ごおおっ、と龍平の四肢が夜空に鳴った。
龍平の痩軀は高々と躍り、一瞬、夜鳥が飛びたったかに見えた。
中也は龍平の動きを予測できなかった。
中也は小太刀を右へ持ち変えた。
そこに龍平は乗じた。
持ち手を変える瞬時に、狙いを定めていた。
中也の攻勢は、一転、宙に躍る龍平の動きに惑わされた。

龍平の上段からの一撃が反撃に転じた。
うなる一撃を中也は身体を撓《しな》らせ、小太刀で払う。
と、龍平の肩と中也の胸が激しく衝突した。
中也の身体を後ろへはじき飛ばした。
中也ははじけながら軽々と体勢をひねり、ふわりとたちなおる。
しなやかな獣を思わせる身軽さだった。
けれども、そこで両者に間が生まれた。
中也は右手へ持ち変えた小太刀を眼前にかざした。
そして荒い息を吐いた。
小太刀を持ち変えるその瞬時を狙ったが、目論見《もくろみ》は通じなかった。
思考を無にして、相対するしかなかった。
龍平は大きく息を吸った。
右足を半歩前へ出し、右膝脇へ刀をだらりと垂らした。
その虚脱した構えを、中也は訝った。
だがそれが龍平と刀のひとつになる形《かた》だった。
二人の動きはぴたりと止まり、月光が二人を包んだ。

「日暮さん、あなたの早さでは無理だ。わたしを斬れない。あなたはわが友俊太郎さんの父親。友の父親を斬りたくはない。これで充分。さがってくれ」

そう言った中也の身がまえに、打ちこむ隙は見えない。

「勝つも負けるも自ら望むところだ。一寸先は天のみぞ知る。わがなすべきことをなすまでだ」

龍平はゆるやかな大きな呼吸を繰りかえし、心を穏やかにした。

そして言った。

「最後に聞かせてくれ。司馬さん、なぜ侍を望んだ。何があんたに、侍を望ませたのだ」

中也の荒い息が肩をゆらしていた。

龍平を見つめる激しい眼差しに、青い炎が光った。

ふん、と中也が表情をゆるめた。それから、

「そんな難しいこと、わかりませんよ。日暮さん」

ほほ、ほほほ……

と、黒羽二重のお伝が笑い声を響かせた。

「でもね、お役人さん、ひとつだけわかっていることがあるんですよ。一年前あ

の子が豊島村へきたとき、あれはね、あたしに会いにきたのではなかったんですよ。あの子はあたしをね、斬りにきたんです。本当のことですよ。あの子がそう言ったんです。あの子から聞いたんです」

中也の笑みに怒りが燃え始めるのがわかった。

「あたしはね、あの子がそれで気がすむなら、斬られてやってもいいって、心から思ったんです」

怒りに燃えた中也の白い素足が、つつつ、と踏み出した。

龍平は動かなかった。

中也は一切の躊躇《ためら》いもなく、近づいた。

両者の間は見る見る縮まり、息がかかるほどに肉迫したかに見えた。

衝突するのか、そう見えたとき、龍平の左足が踏みこんだ。

右脇に垂らした剣が、翻《ひるがえ》った。

突き進んでくる中也の小柄な痩軀を斬りあげる。

刹那、中也の小太刀が龍平の剣に絡みついた。

小太刀は剣にじゃれついたまま龍平の一刀を軽やかにいなし、下から上へと円弧を描いた。

からあん……

二刀が夜空に吠えた。

ああっ――と叫んだのは寛一だった。

寛一は、中也の小太刀に巻きつかれ、夜空へ高々と撥《は》ねあげられる龍平の剣を目で追った。

剣は月光をきらきらとまき散らしつつ、夜空を舞った。

宮三と寛一は、南割下水の堤道の東側を、春原や春原の手先とともにふさいでいた。後方の相馬を石塚とその手先があたり、前の司馬中也を龍平と春原らという手分けだった。

入り堀の北側も、それぞれの手先が押さえていた。

そうして寛一は、龍平と中也の激闘を固唾《かたず》を呑んで見守っていたのだ。

夜空を舞った龍平の刀が寛一と、闘う二人の間の道へ突き刺さった。

寛一の開いた口がふさがらなかった。

突き刺さった刀の向こうに、龍平と中也が身がまえている。

ただ、二人の立ち位置は左右が入れ替わり、互いに背中を向け刀を宙に差し出しかまえていた。

中也の手に小太刀、龍平の右手には脇差が握られていた。

ぴくりとも動かなかったが、両者が斬り合い、肉と骨を砕き合い、すれ違ったのは明らかだった。

だが寛一は夜空に飛んだ刀に目を奪われ、それを見ていなかった。

龍平の剣が夜空にくるくると舞って道へ突き刺さった刹那、勝負はすでに決していた。

「お父っつぁん」

寛一は両者を見つめ、隣の宮三に叫んだ。

「ど、どうなったんだい」

うう――と宮三がうなった。

そのとき寛一は、両者の周囲を螢が飛び交うのを見た。

同じとき、縄が全身に絡んで溺れかけた相馬の巨体を水縁へ持ちあげたのは石塚だった。

入り堀へ身を投じた相馬に引きずられ、縄をつかむ石塚と捕り方の数人が悲鳴やら喚声をあげ、一緒に飛びこんでいた。

相馬は思案があって身を投じたのではなかった。

邪魔な捕り方らの包囲を破り、お伝の元へ駆けつけたかったのだ。
だが、絡みついた縄が手足の動きを奪い、水中に没した相馬は浮きあがれなかった。
ただ月の光が水中にまで差しこんでいた。
息苦しさに苛《さいな》まれ、激しく息を吐いた。
水中で「お伝さん」と叫んだが、喉を締めつけられ気が遠くなった。
そして次の瞬間、いきなり顔が水面へ浮きあがった。
相馬の巨体が水縁に持ちあげられたのだ。
口いっぱいに息を大きく吸い、吸った息と一緒に水を噴き出した。
咳《せ》きこみ、咽《むせ》び、喘《あえ》ぎ、煩悶《はんもん》した。
「馬鹿野郎、溺れちまうじゃねえか」
石塚が相馬の耳元で怒鳴《どな》った。
石塚自身も水を吐きながら、はあはあと息を繰りかえしている。
身体をもがかせる相馬の胸倉をつかみ、石塚が張り手を続けざまに見舞った。
「大人しくしやがれ」
捕り方らが、入り堀の中からも堤の上からも相馬を押さえにかかっていた。

相馬はもう動けなかった。

「お伝さあん……」

と、泣き声を絞り出した。


中也はその声に押されたかのように、膝を折った。

わからない。どうして斬られたのか。おれは勝ったはずだ。相手の刀を撥ねあげ胴を抜く。想定どおりに事は進んだ。どうして……

刀を撥ねあげられた龍平は、脇差を抜刀し中也の傍らを斬り抜けていった。

何が起こったのかが、中也にようやく飲みこめた。

折った膝に、伸しかかる悲しみの重みを支えられなかった。

小太刀を杖に、倒れまいとした。

歯を食いしばり、ひりつく痛苦を堪えた。

それから周囲の光景が大きく廻り始め、中也は崩れ落ちていった。

月はどこかへいったが、螢が舞っていた。

中也は螢へ、震える手を差し伸べた。

日暮龍平が傍らへきて、かがみこんだ。

龍平の後ろからのぞく、幾つかの顔が見えた。

「すまない。司馬さん」

龍平が優しく言った。

「いいのです。日暮さんで、よかった。怒りに任せて友の父を斬ろうとし、天罰がくだったのです」

中也は潤んだ目で、龍平に笑いかけることができた。

「そんなことはない。司馬さんが天罰など受ける謂《いわ》れはないのだ」

「いえ。わたしの一生に、悔《く》いは、ありません。長かった。これで充分です」

中也はそう言って、言葉を飲みこんだ。

町の遠くで、犬の鳴き声が寂しく聞こえた。

離れた堀端で、相馬のすすり泣きが聞こえていた。

「そ、相馬、泣くんじゃない。日暮さん、相馬に罪はない。あの者は、わたしの何も知らず、わたしの指図に、従っただけです。ただ無垢《むく》な、童子の優しさを、持っているだけなのです」

そして龍平の手を握った。

その手にはわずかな力しか残されていなかった。

「わたしは誰にも祝福されず、生まれてきた。生まれるべきではなかった。生まれたことだけが、後悔です。自分の居場所へ、帰ります。日暮さん、か、介錯を頼み、たのみ……」

そこで言葉が途ぎれた。

すると、夥《おびただ》しい螢が中也の周りに集まり始め、くるりくるりと光の輪を作って、光の渦を巻きながら天空へとのぼっていった。

龍平の後ろにいた寛一と宮三が夜空を見あげ、舞いのぼる儚げな光の輪を追いかけた。

結　愛しき人々

一

日本橋通り南一丁目から東へ横町を折れ、佐内町と音羽《おとわ》町の境の小路に、京風小料理屋《桔梗》の軒行灯《のきあんどん》が、やわらかな明かりを小路へまいていた。料理人で亭主の吉弥《きちや》と、十七歳の娘のお諏訪《すわ》が切り盛りして、龍平の舅《しゅうと》達広が馴染みにしていた店だった。

達広が御番所勤めを龍平に番代わりしてからは、龍平が馴染みになった。

娘のお諏訪は、足かけ九年前、九歳の童女だったが、龍平を龍平さんと呼び、あれから十七になった今でも、龍平は龍平さんである。

手先の寛一は、自分の旦那を気安く龍平さんと呼ぶお諏訪の馴れ馴れしさが不満である。

「お諏訪、旦那と呼べ、旦那と」

十八歳の寛一は言うが、お諏訪は、

「あら、どうして。龍平さんは龍平さんなんだもん。どうしていけないの」

と、澄ましている。

その桔梗の表店《おもてだな》から調理場の脇を通って奥に入った三畳間が二つ並んだひとつで、龍平、梅宮の宮三、倅の寛一が、吉弥がこの六月から取り入れた卓袱台《ちゃぶだい》を囲んで京料理を肴《さかな》に下《くだ》り酒を呑んでいた。

料理はさよりの細作りに裂き鱈《たら》、茗荷《みょうが》、生わかめの膾《なます》、合歓《ごうかん》豆腐、木の芽田楽《でんがく》の焼物、それに香の物である。

「親分、寛一、ご苦労だった。いつもながら世話になった」

と、龍平は宮三と寛一をねぎらった。

小窓が開いて、格子の窓から竹の枝葉が垂《た》れている。

藪蚊《やぶか》が飛んでくるけれど、程よく燻《くゆ》る蚊遣《かや》りが追い払っていた。

冷の銚子を幾本か代えるうち、話はやはり司馬中也の一件になる。

あれから十日がすぎ、夏の終わり、六月の下旬になっていた。

一件のご沙汰《さた》はまだくだっていなかった。

しかし、司馬の家名は今度のことで残らないという評判だった。病気に臥《ふ》せりがちの中也の義母は、同心株を売って八丁堀の組屋敷を出るしかないだろう、と言われていた。

相撲とりの相馬は、小伝馬町の牢屋敷に収監されている。相馬にどのような沙汰がくだされるか定かではないが、龍平は支配与力を通して、奉行へ相馬の寛大な処置の願いを出した。

今日の昼間に聞いた噂《うわさ》では、相馬は江戸四里四方追放になるということだった。

もしそうなら、寛大な処置だったことになる。

あの身体《からだ》だ。江戸を追放になっても相撲は江戸だけではない。まだまだやれる。龍平は思っていた。

「寛一と、夕べもこの前の話になったんですが、あっしには後味のいい一件じゃなかったなと、そんな気が残りましてね」

と、宮三が冷酒のぐい呑みを呷《あお》った。

「親分、後味のいい一件なんて、そんなもの、あるのかい」

と、寛一が龍平の前では父親の宮三を親分と呼んでいる。

「思うに、後に残された者らが諦《あきら》めのつく始末とつかずに恨みを残す始末があるからな。恨みが残れば、後味も悪くなる。親分、じつはおれもそうだ」

龍平も宮三と同じ後味の悪さを嚙《か》み締《し》めていた。

斬られても仕方のない者らだった。

そう言い残した中也は間違いを犯したが、しかしもっともだった。

「あの司馬中也って男は、本当に素性がばれねえように人斬りに走ったんですかねえ。けど旦那、あんなに次々と人を斬っていたら、素性どころかてめえの保身だって覚束《おぼつか》ねえことぐらい、気づきそうに思うんですがねえ」

宮三が龍平のぐい呑みに銚子を差した。

「そうだな……」

龍平はぐい呑みを舐めた。

「人の心には、理を超えた何かがひそんでいる。そいつが悪さもすれば、いいこともする。どっちを働かせるか、決めるのは血筋ではなく、育ちだ」

龍平は宮三に銚子を差しかえし、寛一にも差した。

龍平は、それから考え考え言った。

「たぶん、司馬中也は己《おのれ》自身の憎しみを恐れていたんだ。あの男の生いたちは、人や世間への憎しみしか生まなかった。あの男は人並に友をほしがっていた。人並に父や母がいて、妻や子がいる暮らしをほしがっていた。しかし、誰もあの男を人並にあつかわなかった。それは司馬の責任ではない」

「なら、旦那、司馬中也は気の毒な男だったんですか」

と、それは寛一が訊《き》いた。

「おれにはなんとも言えん。しかし、おれは司馬中也と斬り合ったが、あの男が嫌いではない。一度だけ酒を呑んだ。友になれる男だった」

宮三と寛一が、ふうん、と揃《そろ》って頷いた。

龍平は続けた。

「司馬は、このままだと今に己の憎しみに己が引き裂かれてしまうことに気づき、恐れていた。それであの男は、首斬り役を憎しみのはけ口にした。罪人の生首を落とせば、己を苛《さいな》む憎しみが癒《いや》されるだろうと思った」

宮三と寛一は、ぐい呑みの手を止め、龍平の話に聞き入った。

桔梗の表店の方から、賑やかな笑い声が聞こえる。

「けれどもな、司馬に必要だったのは憎しみのはけ口ではなかった。人と世間を憎むのではなく、愛しく思える誰かを、憎しみを忘れさせてくれる誰かを司馬は求めていた。首斬り役ではそれを得られなかった」

「するとあの男は、母親のお伝にそれを求めて、お伝の行方を訊《たず》ね、豊島村にいることを知って、会いにいったんですかねえ」

宮三がぽつりぽつりと、訊ねた。

「ふむ……」

たぶんそうだ――と龍平は思う。

「けど母親のお伝はもういなかった。それでとうとうてめえの心を憎しみに引き裂かれて、てめえが黒羽二重のお伝になっちまったんですか」

寛一は不思議そうな顔つきになっていた。

「それから先は、司馬に何があったのかはわからない。ただ、親分、寛一、お伝がおれと斬り合っているとき、お伝がおれに言ったんだ。あの子は豊島村へ母親に会いにきたのではなくて、母親の自分を斬りにきたと……」

「ええ。確かに言ってました。聞きましたよ」

「あっしも聞いた」

「あれはきっと司馬は、これまで繰りかえし何度も、心の中で母親のお伝を斬ってきたのだ。なぜ捨てた。なぜ愛しんでくれなかった。なぜ自分の子をこんなに寂しい目に遭《あ》わせる。愛さぬのであればなぜ産んだ、とな。あれは司馬のそういう心の叫びに聞こえてならなかった」

「なるほど、心の中でね」

宮三が呟いた。

「おれの勝手な推断だが、それを思うとちょっと辛くなる」

龍平はぐい飲みを呷った。

と、襖《ふすま》の外でお諏訪の声がした。

「ごめんなさあい。お酒のお代わりお持ちしました」

襖が開き、表店の賑やかさや香ばしい胡麻《ごま》油の揚げ物の匂いと一緒に、新しい銚子を載《の》せた盆を持ったお諏訪が、若い屈託のない笑みを三人の男たちへ振りまいた。

二

翌朝、勝手口の外の、中庭の椎《しい》の木で蟬《せみ》が鳴いていた。

六ツ（午前六時頃）すぎ、日暮家の朝食がすむと、湯屋へいってひと風呂浴びてさっぱりしてから、戻って身支度をすませた。

昨日、廻り髪結を頼んだばかりで、今朝はこない。

支度は妻の麻奈が手伝う。

達広と鈴与に出かける挨拶《あいさつ》をし、菜実を抱いた麻奈に、

「いってらっしゃいまし」

と、見送られて組屋敷を出た。

下男の松助が弁当を持って従っている。

侍の暮らしは厄介《やっかい》だし、物入りだった。

不浄役人と陰で悪口を言われる町方役人の下役の同心でさえ、出かけるときは供を従える体裁を保たねばならない。

片開きの木戸を出たところで、俊太郎が塀《へい》に凭《もた》れてぽつんと佇《たたず》んでいた。

板塀から道へ枝葉を伸ばす樹木で、蟬《せみ》が騒々しく鳴いている。

俊太郎は父親の龍平に、いつもの腕白小僧の笑みを見せなかった。

大人びた物思わしげな顔つきで、龍平を見あげた。

そう言えばここ十日近く、俊太郎は龍平の見送りをしなかった。

司馬中也の始末があってからだ。

司馬中也の一件の顚末《てんまつ》を知り、俊太郎にも子供なりに龍平に思うところがあるのだろう。

父と子であっても人と人、それは仕方のないことなのだ。

「おや、俊太郎、いってくるぞ」

龍平は俊太郎に笑顔を投げた。

「父上、新場橋までお見送りいたします」

俊太郎が生真面目《きまじめ》な顔つきで言った。

「それはありがとう。俊太郎の見送りは久しぶりだ」

龍平がおどけて言っても、俊太郎は表情を変えなかった。

龍平に並びかけ、黙って前を見つめている。

言いたいことがあるらしいのが、なんとなくわかった。龍平は俊太郎が言うのを待った。

まだ六歳だが、急速に大人びてきて、どう言おうか、と懸命に考えているのがわかった。

それがかえって微笑《ほほえ》ましい。

松平家藩邸の練塀《ねりべい》際の、人通りの多い道へ差しかかった。

奉行所へ向かう黒羽織《くろばおり》の姿や、裃《かみしも》姿が幾つも見えている。

と、俊太郎がようやく言った。

「父上、お訊ねしてもよろしいですか」

俊太郎が龍平を見あげた。

「かまわぬよ。何を訊きたい」

「司馬中也さんのことです。父上は司馬さんを斬られたのでしょう。司馬さんは間違ったことをなさり、そのために罪に問われ、父上が斬られたのですね」

俊太郎は龍平を見あげている。

「司馬さんは優れた、立派な方でした。わたしたち子供にも親切だったし、あんなにいい人だったのに、どうして間違ったことをなさったのか。よほどのわけがあって、そうせざるを得なかったのではないでしょうか。間違いをなさる前に、誰かが助けて差しあげられなかったのでしょうか」

「それは父にはなんとも応《こた》えられぬ。俊太郎が自分で一所懸命考え、答えを見つけることだ」

龍平は隣の俊太郎を、穏やかに見おろした。

「父上、司馬さんを斬らない手だてはなかったのでしょうか。斬らずともほかに、別の、もっと正しい手だてはなかったのでしょうか」

俊太郎が一所懸命言った。

俊太郎は子供らしく、せっかちに答えを求めていた。

「ほかに正しい手だてか」

龍平は呟いた。

俊太郎はそういうことを考えていたのか……

「わたしは、司馬さんが可哀想《かわいそう》でならないのです。司馬さんはいつも、何かを我慢していらっしゃいました。司馬さんが間違ったことをなさったためだったとしても、わたしには可哀想に……」

俊太郎が言葉に詰《つ》まった。

「苦しんでいる人を憐《あわ》れんだり、悲しんでいる人を慰《なぐさ》めたりすることは、人として正しい行ないだし正しい心がけだ」

龍平は俊太郎の肩にそっと手を置いた。

小さな肩が、龍平の掌《て》の中ではずんだ。

「ただな、俊太郎。何か出来事があって人に憐れみや慰めをかけるときは、その出来事の本当の事情やわけを知らなければいけない。憐れみや慰めを抱いた人が、出来事の中から己の知りたい事情だけしか知ろうとせず、己の都合のいいわけしか見ようとしないなら、人への憐れみや慰めは歪《ゆが》んでしまう」

　俊太郎は訝しげに龍平を見あげた。

「どういう意味か、俊太郎には今はまだわからぬかもしれぬ。だが、大人になればわかる。必ずわかるときがくる。人への憐れみや慰めと一緒に、それも大事なことだと、俊太郎の心がけの中に仕舞《しま》っておいてくれ」

　それから父と子の会話は途絶えた。

　俊太郎は真《ま》っ直《す》ぐ前を向き、小さな胸をはずませた。

　父の言葉を一所懸命考えている。

　龍平は、目頭が少し潤《うる》むのを覚えた。

　愛しき人々の姿が、龍平の脳裡を廻《めぐ》った。

　俊太郎に倣《なら》って、真っ直ぐ前を見つめた。

　すると、ささやかだがとても清々《すがすが》しい気分が胸いっぱいにあふれた。

　父と子の進む道の先には、晩夏の果てしない青空が広がっていた。

注・本作品は、平成二十三年七月、学研パブリッシング（現・学研プラス）より刊行された、『日暮し同心始末帖　天地の螢』を著者が大幅に加筆・修正したものです。

一〇〇字書評

切り取り線

購買動機（新聞、雑誌名を記入するか、あるいは○をつけてください）

□（　　　　　　　　　　　　）の広告を見て
□（　　　　　　　　　　　　）の書評を見て
□ 知人のすすめで　　　　　□ タイトルに惹かれて
□ カバーが良かったから　　□ 内容が面白そうだから
□ 好きな作家だから　　　　□ 好きな分野の本だから

・最近、最も感銘を受けた作品名をお書き下さい

・あなたのお好きな作家名をお書き下さい

・その他、ご要望がありましたらお書き下さい

住所	〒				
氏名		職業		年齢	
Eメール	※携帯には配信できません		新刊情報等のメール配信を 希望する・しない		

この本の感想を、編集部までお寄せいただけたらありがたく存じます。今後の企画の参考にさせていただきます。Eメールでも結構です。

いただいた「一〇〇字書評」は、新聞・雑誌等に紹介させていただくことがあります。その場合はお礼として特製図書カードを差し上げます。

前ページの原稿用紙に書評をお書きの上、切り取り、左記までお送り下さい。宛先の住所は不要です。

なお、ご記入いただいたお名前、ご住所等は、書評紹介の事前了解、謝礼のお届けのためだけに利用し、そのほかの目的のために利用することはありません。

〒一〇一―八七〇一
祥伝社文庫編集長　坂口芳和
電話　〇三（三二六五）二〇八〇

祥伝社ホームページの「ブックレビュー」からも、書き込めます。
www.shodensha.co.jp/bookreview

祥伝社文庫

天地《てんち》の螢《ほたる》　日暮《ひぐら》し同心《どうしん》始《し》末《まつ》帖《ちょう》

平成28年11月20日　初版第1刷発行
令和 3 年 6 月10日　　　第8刷発行

著　者　辻堂《つじどう》 魁《かい》

発行者　辻　浩明

発行所　祥伝社《しょうでんしゃ》
東京都千代田区神田神保町3-3
〒101-8701
電話　03（3265）2081（販売部）
電話　03（3265）2080（編集部）
電話　03（3265）3622（業務部）
www.shodensha.co.jp

印刷所　堀内印刷
製本所　ナショナル製本
カバーフォーマットデザイン　中原達治

Printed in Japan ©2016, Kai Tsujidou ISBN978-4-396-34263-0 C0193

祥伝社文庫の好評既刊

辻堂魁
はぐれ烏《がらす》
日暮し同心始末帖①
旗本生まれの町方同心・日暮龍平《ひぐれりゅうへい》。実は小野派一刀流の遣《つか》い手。北町奉行から凶悪強盗団の探索を命じられ……。

辻堂魁
花ふぶき
日暮し同心始末帖②
柳原堤《やなぎわらづつみ》で物乞いと浪人が次々と斬殺された。探索を命じられた龍平は背後に見え隠れする旗本の影を追う！

辻堂魁
冬の風鈴
日暮し同心始末帖③
佃島《つくだじま》の海に男の骸《むくろ》が。無宿人《むしゅくにん》と見られたが、成り変わりと判明。その仏には奇妙な押し込み事件との関連が……。

辻堂魁
天地の螢
日暮し同心始末帖④
連続人斬りと夜鷹の関係を悟った龍平。悲しみと憎しみに包まれたその真相に愕然とし――剛剣《ごうけん》唸る痛快時代！

辻堂魁
逃れ道
日暮し同心始末帖⑤
評判の絵師とその妻を突然襲った悪夢とは――シリーズ最高の迫力で、日暮龍平が地獄の使いをなぎ倒す！

辻堂魁
縁切り坂
日暮し同心始末帖⑥
比丘尼女郎が首の骨を折られ殺された。同居していた妹が行方不明と分かるや龍平は彼女の命を守るため剣を抜く！

祥伝社文庫の好評既刊

辻堂 魁
風立ちぬ㊤ 風の市兵衛⑥

〝家庭教師〟になった市兵衛に迫る二つの影とは？〈風の剣〉を目指した過去も明かされる、興奮の上下巻！

辻堂 魁
風立ちぬ㊦ 風の市兵衛⑦

市兵衛誅殺《ちゅうさつ》を狙う托鉢僧《たくはっそう》の影が迫る中、市兵衛は、江戸を阿鼻叫喚の地獄に変えた一味を追う！

辻堂 魁
五分《ごぶ》の魂 風の市兵衛⑧

人を討たず、罪を断つ。その剣の名は――〝風〟。金が人を狂わせる時代を、〈算盤侍〉市兵衛が奔《はし》る！

辻堂 魁
風塵《ふうじん》 上 風の市兵衛⑨

唐木市兵衛が、大名家の用心棒に⁉事件の背後に、八王子千人同心の悲劇が浮上する。

辻堂 魁
風塵 下 風の市兵衛⑩

わが一分《いちぶん》を果たすのみ。市兵衛、火中に立つ！ えぞ地で絡《から》み合った運命の糸は解けるのか？

辻堂 魁
春雷抄《しゅんらいしょう》 風の市兵衛⑪

失踪した代官所手代を捜す市兵衛。夫を、父を想う母娘のため、密造酒の闇に包まれた代官地を奔る！